夜深人静是自由，天亮以后是生活

史铁生

等著

光明日报出版社

图书在版编目（CIP）数据

夜深人静是自由，天亮以后是生活 / 史铁生等著.

北京：光明日报出版社，2024.8.（2025.2重印）—— ISBN 978-7-5194-8138-4

Ⅰ.I267

中国国家版本馆CIP数据核字第202432Q58N号

夜深人静是自由，天亮以后是生活

YE SHEN REN JING SHI ZIYOU, TIANLIANG YIHOU SHI SHENGHUO

著　　者：史铁生等

责任编辑：孙　展　　　　　　　　　　责任校对：徐　蔚

特约编辑：王　猛　　　　　　　　　　责任印制：曹　净

封面设计：李果果　　　　　　　　　　插　　画：丰子恺

出版发行　光明日报出版社

地　　址：北京市西城区永安路106号，100050

电　　话：010-63169890（咨询），010-63131930（邮购）

传　　真：010-63131930

网　　址：http://book.gmw.cn

E－mail：gmrbcbs@gmw.cn

法律顾问：北京市兰台律师事务所龚柳方律师

印　　刷：河北文扬印刷有限公司

装　　订：河北文扬印刷有限公司

本书如有破损、缺页、装订错误，请与本社联系调换，电话：010-63131930

开　　本：146mm×210mm　　　　　　　　　印　　张：8.5

字　　数：153千字

版　　次：2024年8月第1版

印　　次：2025年2月第2次印刷

书　　号：ISBN 978-7-5194-8138-4

定　　价：58.00元

江春乃肯留行告
草色肯青乙送马蹄

子恺

生活不是很容易的事。动物那样的，自然地简易地生活，是其一法；把生活当作一种艺术，微妙地美地生活，又是一法；二者之外别无道路，有之则是禽兽之下的乱调的生活了。

今夜故人来不来 教人立尽梧桐影

子恺

时间限制了我们,习惯限制了我们,谣言般的舆论让我们陷于实际,让我们在白昼的魔法中闭目塞听不敢妄为。白昼是一种魔法,一种符咒,让僵死的规则畅行无阻,让实际消磨掉神奇。所有的人都在白昼的魔法之下扮演着紧张、呆板的角色,一切言谈举止,一切思绪与梦想,都仿佛被预设的程序所圈定。

因而我盼望夜晚,盼望黑夜,盼望寂静中自由的到来。

一肩擔盡古今愁

子愷

人生是多方面的，成功的人将自己的十分之九杀死，为的是要让那一方面尽量发展，结果是尾大不掉，虽生犹死，失掉了人性，变做世上一两件极微小的事物的祭品了。

　　"酒"，它能惹起你的兴奋，冰解了你的苦闷，漠视了痛苦，增加你向前去，向
上去，向未来去的快步。总之，它是味，是力，是热情，是康健的保证者！

仔细看起来，宇宙里万事万物无一不是永逝不回，岂单是少女的红颜而已。

且推䆫看中庭月影过
東鄰蔷薇簇砖
子愷

诗是可以写在纸上的，画是可以绘在纸上的，而梦呢，永远留在我心里。

嘹嚟一聲山月高

子愷

世界里什么事一达到圆满的地位就是死刑的宣告。 人们一切的痴望也是如此，心愿当真实现时一定不如蕴在心头时那么可喜。 一件美的东西的告成就是一个幻觉的破灭，一场好梦的勾销。

白雲世事常來往
莫怪山人不送迎　子愷

明知成功者极少而失败者极多，但每个人都想自己侥幸而为极少的成功者之
一，不管别人的失败。

目录

第二章

内心丰盈者，独行也如众

III

第一章

人生如逆旅，
我亦是行人

轻轻地走与轻轻地来

史铁生

现在我常有这样的感觉：死神就坐在门外的过道里，坐在幽暗处，凡人看不到的地方，一夜一夜耐心地等我。不知什么时候它就会站起来，对我说：嘿，走吧。我想那必是不由分说。但不管是什么时候，我想我大概仍会觉得有些仓促，但不会犹豫，不会拖延。

"轻轻地我走了，正如我轻轻地来"——我说过，徐志摩这句诗未必牵涉生死，但在我看，却是对生死最恰当的态度，作为墓志铭真是再好也没有。

死，从来不是一次性完成的。陈村有一回对我说：人是一点一点死去的，先是这儿，再是那儿，一步一步终于完成。他说得很平静，我漫不经心地附和，我们都已经活得不那么在意死了。

这就是说，我正在轻轻地走，灵魂正在离开这个残损不堪的躯壳，一步步告别着这个世界。这样的时候，不知别人会怎样想，我则尤其想起轻轻地来的神秘。比如想起清晨、晌午和傍晚变幻的阳光，想起一方蓝天，一个安静的小院，一团扑面而来的柔和的风，风中仿佛从来就有母亲和奶奶轻声的呼唤……不知道别人是否也会像我一样，由衷地惊讶：往日呢？往日的一切都到哪儿去了？

生命的开端最是玄妙，完全的无中生有。好没影儿的忽然你就进入了一种情况，一种情况引出另一种情况，顺理成章天衣无缝，一来二去便连接出一个现实世界。真的很像电影，虚无的银幕上，比如说忽然就有了一个蹲在草丛里玩耍的孩子，太阳照耀他，照耀着远山、近树和草丛中的一条小路。然后孩子玩腻了，沿小路蹒跚地往回走，于是又引出小路尽头的一座房子，门前正在张望他的母亲，埋头于烟斗或报纸的父亲，引出一个家，随后引出一个世界。

孩子只是跟随这一系列情况走，有些一闪即逝，有些便成为不可更改的历史，以及不可更改的历史的原因。这样，终于有一天孩子会想起开端的玄妙：无缘无故，正如先哲所言——人是被抛到这个世界上来的。

其实，说"好没影儿的忽然你就进入了一种情况"和"人是被抛到这个世界上来的"，这两句话都有毛病，在"进入情况"之前并没有你，在"被抛到这个世界上来"之前也无所谓人。——不过这应该是哲学家的题目。

对我而言，开端，是北京的一个普通四合院。我站在炕上，扶着窗台，透过玻璃看它。屋里有些昏暗，窗外阳光明媚。近处是一排绿油油的榆树矮墙，越过榆树矮墙远处有两棵大枣树，枣树枯黑的枝条镶嵌进蓝天，枣树下是四周静静的窗廊。——与世界最初的相见就是这样，简单，但印象深刻。复杂的世界尚在远方，或者，它就蹲在那安恬的时间四周窃笑，看一个幼稚的生命慢慢睁开眼睛，萌生着欲望。

奶奶和母亲都说过：你就出生在那儿。

其实是出生在离那儿不远的一家医院。生我的时候天降大雪。一天一宿罕见的大雪，路都埋了，奶奶抱着为我准备的铺盖蹚着雪走到医院，走到产房的窗檐下，在那儿站了半宿，天快亮时才听见我轻轻地来了。母亲稍后才看见我来了。奶奶说，母亲为生了那么个丑东西伤心了好久，那时候母亲年轻又漂亮。这件事母亲后来闭口不谈，只说我来的时候"一层黑皮包着骨头"，她这样说的时候已经流露着欣慰，看我渐渐长得像回事了。但这一切都是真的吗？

我蹒跚地走出屋门，走进院子，一个真实的世界才开始提供凭证。太阳晒热的花草的气味，太阳晒热的砖石的气味，阳光在风中舞蹈、流动。青砖铺成的十字甬道连接起四面的房屋，把院子隔成四块均等的土地，两块上面各有一棵枣树，另两块种满了西番莲。西番莲顾自开着硕大的花朵，蜜蜂在层叠的花瓣中间钻进钻出，嗡嗡地开采。蝴蝶悠闲飘逸，飞来飞去，悄无声息仿佛幻影。枣树下落满移动的树影，落满细碎的枣花。青黄的枣花像一层粉，覆盖着地上的青苔，很滑，踩上去要小心。

天上，或者是云彩里，有些声音，有些缥缈不知所在的声音——风声？铃声？还是歌声？说不清，很久我都不知道那到底是什么声音，但我一走到那块蓝天下面就听见了它，甚至在襁褓中就已经听见它了。那声音清朗，欢欣，悠悠扬扬不紧不慢，仿佛是生命固有的召唤，执意要你去注意他，去寻找他、看望他，甚或去投奔他。

我迈过高高的门槛，艰难地走出院门，眼前是一条安静的小街，细长、规整，两三个陌生的身影走过，走向东边的朝阳，走进西边的落日。东边和西边都不知通向哪里，都不知连接着什么，唯那美妙的声音不惊不懈，如风如流……

我永远都看见那条小街，看见一个孩子站在门前的台阶上眺望。朝阳或是落日弄花了他的眼睛，浮起一群黑色的斑点，他闭上眼睛，有点怕，不知所措，很久，再睁开眼睛，啊好了，世界又是一片光明……有两个黑衣的僧人在沿街的房檐下悄然走过……几只蜻蜓平稳地盘桓，翅膀上闪动着光芒……鸽哨声时隐时现，平缓，悠长，渐渐地近了，噗噜噜飞过头顶，又渐渐远了，在天边像一团飞舞的纸屑……这是件奇怪的事，我既看见我的眺望，又看见我在眺望。

那些情景如今都到哪儿去了？那时刻，那孩子，那样的心情，惊奇和痴迷的目光，一切往日情景，都到哪儿去了？它们飘进了宇宙，是呀，飘去五十年了。但这是不是说，它们只不过飘离了此时此地，其实它们依然存在？

梦是什么？回忆，是怎么一回事？

倘若在五十光年之外有一架倍数足够大的望远镜，有一个观察点，料必那些情景便依然如故，那条小街，小街上空的鸽群，两个无名的僧人，蜻蜓翅膀上的闪光和那个痴迷的孩子，还有天空中美妙的声音，便一如既往。如果那望远镜以光的速度继续跟随，那个孩子便永远都站在那条小街上，痴迷地眺望。要是那望远镜停下来，停在五十光年之外的某个地方，我的一生就会依次重现，五十年的历史便将从头上演。

真是神奇。很可能，生和死都不过取决于观察，取决于观察的远与近。比如，当一颗距离我们数十万光年的星星实际早已熄灭，它却正在我们的视野里度着它的青年时光。

时间限制了我们，习惯限制了我们，谣言般的舆论让我们陷于实际，让我们在白昼的魔法中闭目塞听不敢妄为。白昼是一种魔法，一种符咒，让僵死的规则畅行无阻，让实际消磨掉神奇。所有的人都在白昼的魔法之下扮演着紧张、呆板的角色，一切言谈举止，一切思绪与梦想，都仿佛被预设的程序所圈定。

因而我盼望夜晚，盼望黑夜，盼望寂静中自由的到来。

甚至盼望站到死中，去看生。

我的躯体早已被固定在床上，固定在轮椅中，但我的心魂常在黑夜出行，脱离开残废的躯壳，脱离白昼的魔法，脱离实际，在尘嚣稍息的夜的世界里游逛，听所有的梦者诉说，看所有放弃了尘世角色的游魂在夜的天空和旷野中揭开另一种戏剧。风，四处游走，串联起夜的消息，从沉睡的窗口到沉睡的窗口，去探望被白昼忽略了的心情。另一种世界，蓬蓬勃勃，夜的声音无比辽阔。是呀，那才是写作啊。至于文学，我说过我跟它好像不大沾边儿，我一心向往的只是这自由的夜行，去到一切心魂的由衷的所在。

不完满才是人生

季羡林

每个人都争取一个完满的人生。然而，自古及今，海内海外，一个百分之百完满的人生是没有的。所以我说，不完满才是人生。

关于这一点，古今的民间谚语、文人诗句，说到的很多很多。最常见的比如苏东坡的词："人有悲欢离合，月有阴晴圆缺，此事古难全。"南宋方岳（根据吴小如先生考证）的诗句："不如意事常八九，可与人言无二三。"这都是我们时常引用的，脍炙人口的。类似的例子还能够举出成百上千来。

这种说法适用于一切人，旧社会的皇帝老爷子也包括在里面。他们君临天下，"率土之滨，莫非王土"，可以为所欲为；杀人灭族，小事一端。按理说，他们不应该有什么不如意的事。然而实际上，王位继承、宫廷斗争，比民间残酷万倍。他们威仪俨然地坐在宝座上，如坐针毡。虽然捏造了"龙驭上宾"这种神话，但他们自己也并不相信。他们想方设法以求得长生不老，他们最怕"一旦魂断，宫车晚出"。连英主如汉武帝、唐太宗之辈也不能"免俗"。汉武帝造承露金盘，妄想饮仙露以长生；唐太宗服印度婆罗门的灵药，期望借此以不死。结果，事与愿违，仍然是"龙驭上宾"呜呼哀哉了。

在这些皇帝手下的大臣们，"一人之下，万人之上"，权力极大，骄纵恣肆；贪赃枉法，无所不至。在这一类人中，好东西大概极少，否则包公和海瑞等绝不会流芳千古，久垂宇宙了。可这些人到了皇帝跟前，只是一个奴才，常言道：伴君如伴虎，可见他们的日子并不好过。据说明朝的大臣上朝时在笏板上夹带一点鹤顶红，一旦皇恩浩荡，钦赐极刑，连忙用舌尖舔一点鹤顶红，立即涅槃，落得一个全尸。可见这一批人的日子也并不好过，谈不到什么完满的人生。

至于我辈平头老百姓，日子就更难过了。中华人民共和国成立后，不能说与之前没有区别，可是一直到今天，仍然是"不如意事常八九"。早晨在早市上被小贩

"宰"了一刀；在公共汽车上被扒手割了包，踩了人一下，或者被人踩了一下，根本不会说"对不起"了，代之以对骂，或者甚至演出全武行。到了商店，难免买到假冒伪劣的商品，又得生一肚子气。谁能说，我们的人生多是完满的呢？

再说到我们这一批手无缚鸡之力的知识分子，在历史上一生中就难得过上几天好日子。只一个"考"字，就能让你谈"考"色变。"考"者，考试也。在旧社会科举时代，"千军万马过独木桥"，要上进，只有科举一途，你只需读一读吴敬梓的《儒林外史》，就能淋漓尽致地了解到科举的情况。以周进和范进为代表的那一批举人、进士，其窘态难道还不能让你胆战心惊、啼笑皆非吗？

现在我们运气好，得生于新社会中。然而那一个"考"字，宛如如来佛的手掌，你别想逃脱得了。幼儿园升小学，考；小学升初中，考；初中升高中，考；高中升大学，考；大学毕业想当硕士，考；硕士想当博士，考。考，考，考，变成烤，烤，烤；一直到知命之年，厄运仍然难免。现代知识分子落到这一张密而不漏的天网中，无所逃于天地之间，我们的人生还谈什么完满呢？

灾难并不限于知识分子，"人人有一本难念的经"，所以我说"不完满才是人生"。这是一个"平凡的真理"；但是真能了解其中的意义，对己对人都有好处。对己，可以不烦不躁；对人，可以互相谅解。这会大大地有利于整个社会的安定团结。

觅我游踪五十年

汪曾祺

将去云南，临行前的晚上，写了三首旧体诗。怕到了那里，有朋友叫写字，临时想不出合适词句。一九八七年去云南，一路写了不少字，平地抠饼，现想词儿，深以为苦。其中一首是：

羁旅天南久未还，

故乡无此好湖山。

长堤柳色浓如许，

觅我旅踪五十年。

我在西南联大读书时，曾两度租了房子住在校外。一度在若园巷二号，一度在民强巷五号一位姓王的老先生家的东屋。民强巷五号的大门上刻着一副对联：

圣代即今多雨露

故乡无此好湖山

我每天进出，都要看到这副对子，印象很深。这副对联是集句。上联我到现在还没有查到出处，意思我也不喜欢。我们在昆明的时候，算什么"圣代"呢！下联是苏东坡的诗。王老先生原籍大概不是昆明，这里只是他的寓庐。他在门上刻了这样的对联，是借前人旧句，抒自己情怀。我在昆明待了七年。除了高邮、北京，在这里的时间最长，按居留次序说，昆明是我的第二故乡。少年羁旅，想走也走不开，并不真的是留恋湖山，写诗（应是偷诗）时不得不那样说而已。但是，昆明的湖山是很可留恋的。

我在民强巷时的生活，真是落拓到了极点。一贫如洗。我们交给房东的房租只是象征性的一点，而且常常拖欠。昆明有些人家也真是怪，愿意把闲房租给穷大学生住，不计较房租。这似乎是出于对知识的怜惜心理。白天，无所事事，看书，或者搬一个小板凳，坐在廊檐下胡思乱想。有时看到庭前寂然的海棠树有一小枝轻轻地弹动，知道是一只小鸟离枝飞去了。或是无目的地到处游逛，联大的学生称这种游逛为 Wandering。晚上，写作，记录一些印象、感觉、思绪，片片段段，近似 A. 纪德的《地粮》。毛笔，用晋人小楷，写在自己订成的一个很大的棉纸本子上。这种习作是不准备发表的，也没有地方发表。不停地抽烟，扔得满地都是烟蒂，有时烟抽完了，就在地下找找，拣起较长的烟蒂，点了火再抽两口。睡得很晚。没有床，我就睡在一个高高的条几上，这条几也就是一尺多宽。被窝的里、面都已不知去向，只剩下一条棉絮。我无论冬夏，都是拥絮而眠。条几临窗，窗外是隔壁邻居的鸭圈，每天都到这些鸭子嘎嘎叫起来，天已薄亮时，才睡。有时没钱吃饭，就坚卧不起。同学朱德熙见我到十一点钟还没有露面——我每天都要到他那里聊一会儿的，就夹了一本字典来，叫："起来，去吃饭！"把字典卖掉，吃了饭，Wandering，或到"英国花园"（英国领事馆的花园）的草地上躺着，看天上的云，说一些"没有两片树叶长在一个空间"之类的虚无缥缈的胡话。

有一次替一个小报约稿，去看闻一多先生。闻先生看了我的颓废的精神状态，把我痛斥了一顿。我对他的参与政治活动也不以为然，直率地提出了意见。回来后，我给他写了一封短信，说他对我俯冲了一通。闻先生回信说："你也对我高射了一通。今天晚上你不要出去，我来看你。"当天，闻先生来看了我。他那天说了什么，我已经不记得了，看了我，他就去闻家驷先生家了——闻家驷先生也住在民强巷。闻先生是很喜欢我的。

若园巷二号的房东是一个上了年纪的寡妇，她没有儿女，只和一个又像养女又像使女的女孩子同住楼下的正屋，其余两进房屋都租给联大学生。我和王道乾同住一屋，他当时正在读蓝波的诗，写波特莱尔式的小散文，用粉笔到处画着普希金的侧面头像，把宝珠梨切成小块用线穿成一串喂养果蝇。后来到了法国，在法国入了党，成了专译马克思主义文艺理论的翻译家。他的转折，我一直不了解。若园巷的房客还有何炳棣、吴讷孙，他们现在都在美国，是美籍华人了，一个是历史学家，一个是美学和美术史专家。有一年春节，吴讷孙写了一副春联，贴在大门上：

人斗南唐金叶子

街飞北宋闹蛾儿

这副对联很有点富贵气，字也写得很好。闹蛾儿自然是没有的，昆明过年也只是放鞭炮。"金叶子"是指扑克牌。联大师生打桥牌成风，这位 Nelson 先生就是一个桥牌迷。吴讷孙写了一本反映联大生活的长篇小说《未央歌》，在台湾多次再版。一九八七年我在美国见到他，他送了我一本。

若园巷二号院里有一棵很大的缅桂花（即白兰花）树，枝叶繁茂，坐在屋里，人面一绿。花时，香出巷外。房东老太太隔两三天就搭了短梯，叫那个女孩子爬上去，摘下很多半开的花苞，裹在绿叶里，拿到花市上去卖。她怕我们乱摘她的花，就主动用白瓷盘码了一盘花，洒一点清水，给各屋送去。这些缅桂花，我们大都转送了出去。曾给萧珊、王树藏送了两次。今萧珊、树藏都已去世多年，思之怅怅。

我们这次到昆明，当天就要到玉溪去，哪里也顾不上去看看，只和冯牧陪凌力去找了找逼死坡。路，我还认得，从青莲街上去，拐个弯就是。一九三九年，我到昆明考大学，在青莲街的同济大学附中寄住过。青莲街是一个相当陡的坡，原来铺的是麻石板；急雨时雨水从五华山奔泻而下，经陡坡注入翠湖，水流石上，哗哗作响，很有气势。现在改成了沥青路面。昆明城里再找一条麻石板路，大概没有了。逼死坡还是那样。路边立有一碑："明永历帝殉国处。"我记得以前是没有的，大概是后来立的。凌力将写南明历史，自然要来看看遗迹。我无感触，只想起坡下原来有一家铺子卖核桃糖，装在一个玻璃匣子里，很好吃，也很便宜。

我们一行的目标是滇西。原以为回昆明后可以到处走走，不想到了玉溪第二天就崴了脚，脚上敷了草药，缠了绷带，挂杖跛行了瑞丽、芒市、保山地，人很累了。脚伤未愈，来访客人又多，懒得行动。翠湖近在咫尺，也没有进去，只在宾馆门前，眺望了几回。

即目可见的风景，一是湖中的多孔石桥，一是近西岸的圆圆的小岛。

这座桥架在纵贯翠湖的通路上，是我们往来市区必经的。我在昆明七年，在这座桥上走过多少次，真是无法计算了。我记得这条道路的两侧原来是有很高大的柳树的。人行路上，柳条拂肩，溶溶柳色，似乎透入体内。我诗中所说"长堤柳色浓如许"，主要即指的是这条通路上的垂柳。柳树是有的，但是似乎矮小，也稀疏，想来是重栽的了。

那座圆形的小岛，实是个半岛，对面是有小径通到陆上的。我曾在一个月夜和两个女同学到岛上去玩。岛上别无景点，平常极少游客，夜间更是阒无一人，十分安静。不料幽赏未已，来了一队警备司令部的巡逻兵，一个班长，把我们骂了一顿："半夜三更，你们到这里来整哪样？你们那校长，就是这样教育你们哪！"语气非常粗野。这不但是煞风景，而且身为男子，受到这样的侮辱，却还不出一句话来，实在是窝囊。我送她们回南院（女生宿舍），一路沉默。这两个女学生现在大概都已经当了祖母，她们大概已经不记得那晚上的事了。隔岸看小岛，杂树蓊郁，还似当年。

本想陪凌力去看看莲花池，传说这是陈圆圆自沉的地方。凌力要到图书馆去抄资料，听说莲花池已经没有水（一说有水，但很小），我就没有单独去的兴致。

《滇池》编辑部的三位同志来看我，再三问我想到哪里看看，我说脚疼，哪里也不想去。他们最后建议：有一个花鸟市场，不远，乘车去，一会儿就到，去看看。盛情难却，去了。看了出售的花、鸟、猫、松鼠、小猴子、新旧银器……我问："这条街原来是什么街？"——"甬道街"。甬道街！我太熟了，我告诉他们，这里原来有一家馆子，鸡枞做得很好，昆明人想吃鸡枞，都上这家来。这家饭馆还有个特点，用大锅熬了一锅苦菜汤，苦菜汤是不收钱的，可以用大碗自己去舀。现在已经看不出痕迹了。

甬道街的隔壁，是文明街，过去都叫"文明新街"。一眼就看出来，两边的店铺都是两层楼木结构，楼上临街是栏杆，里面是隔扇。这些房子竟还没有坏！文明街是卖旧货的地方。街两边都是旧货摊。一到晚上，点了电石灯，满街都是电石臭气。什么旧货都有，玛瑙翡翠、铜佛瓷瓶、破铜烂铁。沿街浏览，蹲下来挑选问价，也是个乐趣。我们有个同班的四川同学，姓李，家里寄来一件棉袍，他从邮局取出来，拆开包裹线，到了文明街，把棉袍搭在胳膊上："哪个要这件棉袍！"当时就卖掉了，伙同几个同学，吃喝了一顿。街右有几家旧书店，收集中外古今旧书。联大学生常来光顾，买书，也卖书。最吃香的是工具书。有一个同学，发现一家旧书店收购《辞源》的收价，比定价要高不少。出街口往西不远，就是商务印书馆。这位老兄于是到商务印书馆以原价买出一套崭新的《辞源》，拿到旧书店卖掉。文明街有三家瓷器店，都是桐城人开的。昆明的操瓷器业者多为桐城帮。朱德熙的丈人家所开的瓷器店即在街的南头。德熙婚后，我常随他到他丈人家去玩，和孔敬（德熙的夫人）到后面仓库里去挑好玩的小酒壶、小花瓶。桐城人请客，每个菜都带汤，谓之"水碗"，桐城人说："我们吃菜，就是这样汤汤水水的。"美国在广岛扔了原子弹后，一天，有两个美国兵来买瓷器，德熙伏在柜台上和他们谈了一会儿。这两个美国兵一定很奇怪：瓷器店里怎么会有一个能说英语的伙计，而且还懂原子物理！

这文明街为文庙西街，再西，即为正义路。这条路我走过多次，现在也还认得出来。

我十九岁到昆明，今年七十一岁，说游踪五十年，是不错的。但我这次并没有去寻觅。朋友建议我到民强巷和若园巷看看，已经到了跟前，不知道为什么，我不怎么想去。

昆明我还是要来的！昆明是可依恋的。当然，可依恋的不只是五十年前的旧迹。记住：下次再到云南，不要崴脚！

跳舞场归来

庐隐

　　太阳的金光，照在淡绿色的窗帘上，庭前的桂花树影疏斜斜地映着。美樱左手握着长才及肩的柔发；右手的牙梳就插在头顶心。她的眼睛注视在一本小说的封面上——那只是一个画得很单调的一些条纹的封面；而她的眼光却缠绕得非常紧。不久她把半长的头发卷了一个松松的髻儿，懒懒地把牙梳收拾起来，她就转身坐在小书桌旁的沙发上，伸手把那本小说拿过来翻看了一段。她的脸色更变成惨白，在她放下书时，从心坎里呼出一口气来。

　　无情无绪地走到妆台旁，开了温水管洗了脸，对着镜子擦了香粉和胭脂。她向自己的影子倩然一笑，似乎说："我的确还是很美，虽说我已经三十四岁了……但这有什么要紧，只要我的样子还年轻！迷得倒人……"她想到这里，又向镜子仔细地端详自己的面孔，一条条的微细的皱痕，横卧在她的眼窝下面。这使得她陡然感觉到气馁。呀，原来什么时候，已经有了如许的皱痕，莫非我真的老了吗？她有些不相信……她还不曾结婚，怎么就被老的恐怖所压迫呢？！是了，大约是因为她近来瘦了，所以脸上便有了皱痕，这仅仅是病态的，而不是被可怕的流年所毁伤的成绩。同时她向自己笑了，哦！原来笑起来的时候，眼角也堆起如许的皱痕……她"砰"的一声，把一面镜子向桌子上一丢，伤心地躲到床上去哭了。

壁上的时钟当当地敲了八下，已经到她去办公的时间了。没有办法，她起来揩干眼泪，重新擦了脂粉，披上夹大衣走出门来，明丽的秋天太阳，照着清碧无尘的秋山；还有一阵阵凉而不寒的香风吹拂过来。马路旁竹篱边，隐隐开着各色的菊花，唉，这风景是太美丽了。她深深地感到一个失了青春的女儿，孤单地在这美得如画般的景色中走着，简直是太不调和了。于是她不敢多留意，低着头，急忙地跑到电车站，上了电车时，她似乎心里松快些了。几个摩登的青年，不时地向她身上投眼光，这很使她感到深刻的安慰，似乎她的青春并不曾真的失去；

不然这些青年何至于……她虽然这样想，然而还是自己信不过。于是悄悄地打开手提包，一面明亮的镜子，对她照着——一张又红又白的椭圆形的面孔；细而长的翠眉；有些带疲劳似的眼睛；直而高的鼻子，鲜红的樱唇，这难道算不得美丽吗？她傲然地笑了。于是心头所有的阴云，都被一阵带有炒栗子香的风儿吹散了。她趾高气扬跑进办公室，同事们已来了一部分，她向大家巧笑地叫道："你们早呵！"

"早！"一个圆面孔的女同事，柔声柔气地说："哦！美樱你今天真漂亮……这件玫瑰色的衣衫也正配你穿！"

"唷，你倒真会作怪，居然把这样漂亮的衣服穿到 Office 来？！"那个最喜欢挑剔人错处的金英做着鬼脸说。

"这算什么漂亮！"美樱不服气地反驳着，"你自己穿的衣服难道还不漂亮吗？"

"我吗？"金英冷笑说，"我不需要那么漂亮，没有男人爱我，漂亮又怎么样？不像你交际之花，今日这个请跳舞，明天那个请吃饭，我们是丑得连同男人们说一句话，都要吓跑了他们的。"

"唉！你这张嘴，就不怕死了下割舌地狱，专门嚼舌根！"一直沉默着的秀文到底忍不住插言了。

"你不用帮着美樱来说我……你问问她这个礼拜到跳舞场去了多少次……听说今天晚上那位林先生又来接她呢！"

"哦，原来如此！"秀文说，"那么是我错怪了你了！美樱小鬼走过来，让我盘问盘问。这些日子你干些什么秘密事情，趁早公开，不然我告诉他去！"

"他是哪个？"美樱有些吃惊地问。

"他吗？你的爸爸呀！"

"唷，你真吓了我一跳，原来你简直是在发神经病呀！"

"我怎么在发神经病？难道一个大姑娘，每天夜里抱着男人跳舞，不该爸爸管教管教吗……你看我从来不跳舞，就是怕我爸爸骂我……哈哈哈。"

金英似真似假，连说带笑地发挥了一顿。同事们也只一哄完事。但是却深深地惹起了美樱的心事；抱着男人跳舞，这是一句多么神秘而有趣味的话呀！她陡然感觉得自己是过于孤单了。假使她是被抱到一个男人的怀里，或者她热烈地抱着一个男人，似乎是她所渴望的。这些深藏着的意识，今天非常明显地涌现于她的头脑里。

办公的时间早到了，同事们都到各人的部分去做事了。只有她怔怔地坐在办公室，手里虽然拿着一支笔，但是什么也不曾写出来。一沓沓的文件，放在桌子上，她只漠然地把这些东西往旁边一推。只把笔向一张稿纸上画了一个圈，又是一个圈。这些无秩序的大小不齐的圈儿，就是心理学博士恐怕也分析不出其中的意义吧！但美樱就在这莫名其妙的画圈的生活里混了一早晨，下午她回到家里，心头似乎塞着一些什么东西，饭也不想吃，拖了一床绸被便蒙头而睡。

秋阳溜过屋角，慢慢地斜到山边；天色昏暗了。美樱从美丽的梦里醒来，她揉了揉眼睛，淡绿色窗帘上，只有一些灰暗的薄光，连忙起来开了电灯，正预备洗脸时，外面已听见汽车喇叭呜呜地响，她连忙锁上房屋，把热水瓶里的水倒出来，洗了个脸；隐隐已听见有人在外面说话的声音；又隔了一时，张妈敲着门说道："林先生来了！"

"哦！请客厅里坐一坐我就来！"

美樱收拾得齐齐整整，推开房门，含笑地走了出来说道："Good evening, Mr.Ling."那位林先生连忙走过去握住美樱那一双柔嫩的手，同时含笑说道："我们就动身吧，已经七点了。"

"可以，"美樱踌躇说，"不过我想吃了饭去不好吗？"

"不，不，我们到外面吃，去吧！静安寺新开一家四川店，菜很好，我们在那里吃完饭，到跳舞场去刚刚是时候。"

"也好吧！"美樱披了大衣便同林先生坐上汽车到静安寺去。

九点钟美樱同林先生已坐在跳舞场的茶桌上了。许多青年的舞女，正从那化妆室走了进来。音乐师便开始奏进行曲，林先生请美樱同他去跳。美樱含笑地站了起来，当她一只手扶在那位林先生的肩上时，她的心脉跳得非常快，其实她同林先生跳舞已经五次以上了，为什么今夜忽然有这种新现象呢？她四肢无力地靠着林先生，两颊如灼地烧着。一双眼睛不住盯在林先生的脸上，这使林先生觉得有点窘。正在这时候，音乐停了，林先生勉强镇静地和美樱回到原来的座位上，叫茶房开了一瓶汽水，美樱端着汽水，仍然在发痴，坐在旁边的两个外国兵，正吃得醉醺醺的，他们看见美樱这不平常的神色，便笑着向美樱丢眼色，做鬼脸。美樱被这两个醉鬼一吓，这才清醒了。这夜不曾等跳舞散场他们便回去了。

一间小小的房间里，正开着一盏淡蓝色的电灯，美樱穿着浅紫色的印花乔其纱的舞衣；左手扶着头部，半斜在沙发上，一双如笼雾的眼，正向对面的穿衣镜，端详着自己倩丽的身影。一个一个的幻想的影子，从镜子里漾过"呀美丽的林"！她张起两臂向虚空搂抱，她闭紧一双眼睛，她愿意醉死在这富诗意的幻境里。但是她摇曳的身体，正碰在桌角上，这一痛使她不能不回到现实界来。

"唉！"她黯然叹了一声，一个使她现在觉得懊悔的印象明显地向她攻击了：

七年前她同林在大学同学的时候，那时许多包围她的人中，林是最忠诚的一个。在一天清晨，学校里因为全体出发到天安门去开会，而美樱为了生病，住在疗养室里，正独自一个冷清清睡着的时候，听窗外有人在问于美樱女士在屋里吗？

"谁呀？"美樱怀疑地问。

"是林尚鸣……密司于你病好点吗？"

"多谢！好得多了，一两天我仍要搬到寄宿舍去，怎么你今天不曾去开会吗？"

"是的，我因为还有别的事情，同时我惦记着你，所以不曾去。"美樱当时听了林的话，只淡淡地笑了笑。不久林走了，美樱便拿出一本书来看，翻来翻去，忽翻出父亲前些日子给她的一封信来，她又摊开来念道：

樱儿！你来信的见解很不错，我不希望你做一个平常的女儿；我希望你要做一个为人类为上帝所工作的一个伟大孩子，所以你终身不嫁，正足以实现你的理想，好好努力吧！……

　　美樱念过这封信后，她对于林更加冷淡了；其余的男朋友也因为听了她抱独身主义的消息，知道将来没有什么指望，也就各人另打主张去了。而美樱这时候又因为在美国留学的哥哥写信喊她出去。从前所有的朋友，更不能不隔绝了。美樱在美国住了五年，回国来时，林已和一位姓蔡的女学生结婚了。其余的男朋友也都成了家，有的已经儿女成行了。而美樱呢，依然还是孤零零的一个人。而且近来更感到一种说不出来的烦闷……

　　美樱回想到过去的青春和一切的生活。她只有深深的懊悔了。唉，多蠢呀！这样不自然地压制自己！难道结婚就不能再为上帝和社会工作吗？

　　美樱的心被情火所燃烧；她从沙发上跳了起来；把身上的衣服胡乱地扯了下来。她赤了一双脚，把一条白色的软纱披在身上，头发也散披在两肩。她怔怔地对着镜子，喃喃地道："一切都毁了，毁了！把可贵的青春不值一钱般地抛弃了，蠢呀……"她有些发狂似的，伸手把花瓶里的一束红玫瑰，撕成无数的碎瓣，散落在她的四周，最后她昏然地倒在花瓣上。

第二天清晨，灼眼的阳光正射在她的眼上，把她从昏迷中惊醒！"呀！"她翻身爬了起来含着泪继续她单调的枯燥的人生。

搬家

老舍

一提议说搬家，我就知道麻烦又来了。住着平安，不吵不闹，谁也不愿搬动。又不是光棍一条，搬起来也省事。既然称得起"家"，这至少起码是夫妇两个，往往彼此意见不合，先得开几次联席会议，结果大家的主张不得不折中。谁去找房，这个说，等我找到得几时，我又得教书，编讲义，写文章，而且专等星期去找；况且我男人家又粗心又马虎，还是你去吧。那个说，一个女人家东家进，西家出，"眼观六路耳听八方"都得看仔细，打听明白，就是看妥了，和房东办交涉也是不善，全权通交在一人身上，这个责任，确是不轻。

没有法子，只得第二天就去实行，一路上什么也引不起注意，就看布告牌上的招租帖，墙角上，热闹口上通都留神，这还不算。有的好房就不贴条子，也不请银行信托部来管，这可不好办。一来二去的自己有了点发现，凡是窗户上没有窗帘子，你就可拍门去问。虽然看不中意，但是比较起所看的房确是强得多。

住惯北平的房子，老希望能找到一个大院子。所以离开北平之后，无论到天津，济南，汉口，上海，以至青岛，能找到房子带个大院子，真是少有。特别是在青岛，你能找到独门独院，只花很少的租价，就简直可说没有。除非你真有腰包，可以大大地租上座全楼。

我就不喜欢一个楼，分楼上一家，楼下一家，或是楼分四家住。这样住在楼上的人多少总是占便宜的。楼下的可就倒霉。遇见清净孩子少的还好，遇见好热闹，有嗜好的，孩子多的，那才叫活糟。而且还注意同楼是不是好养狗。这是经验告诉我，一条狗得看新养的，还是旧有的。青岛的狗种，可数全世界的了，三更半夜，嚎出的声真能吓得你半夜不能安睡。有了狗群，更不得安生，决斗声，求爱声，乳狗声，比什么声音都复杂热闹。这个可不敢领教了！

其次看同楼邻居如何；人口，年龄，籍贯，职业，都得在看房之际顺口答音的，探听清楚。比如说吧，这家是南方人，老太太是湖北的，少奶奶是四川的，少爷是在港务局做事，孩子大小三个；这所楼我虽看得还合适，房间大，阳光充足，四壁厕所厨房都干净，可是一看这家邻居，心就凉爽了。第一老太太是南方的我先怕。这并不是说对于南方的老太太有什么仇恨，而是对于她们生活习惯都合不来。也不管什么日子，黑天白日，黄钱白钱——纸钱——足烧一气，口中念念有词，我确是看不下去。再有是在门前买东西，为了一分钱，一棵菜，绝不善罢甘休买成功，必得为少一两分量吵嚷半天，小贩们脸红脖子粗地走开。少奶奶管孩子，少爷吊嗓子，你能管得着吗？碰巧还架上廉价无线电，吵得你"姑子不得睡，和尚不得安"。所以趁早不用找麻烦。

论到职业上，确是重大问题。如果同楼邻居是同行，当然不必每天见面，"今天天气，哈哈哈"，或者不至于遭人白眼，扭头不屑于理"你个穷酸教书匠"，大有"道不同不相为谋"的气概。有时还特别显示点大爷就是这股子劲，看着不顺眼，搬哪！于是乎下班之后约些朋友打打小牌。越是更深人静，红中白板叫得越响，碰巧就继续到天亮，叫车送客忙了一大阵，这且不提。

你遇见这样对头最好忍受。你若一干涉，好，事情

把一块 0.5 米见方的木板固定在铁轮子上，世界上第一块滑板就此诞生。

虽然最后高兴还是摔得七荤八素，但他一点儿都不在乎：失败乃成功之母嘛！

科学小贴士

世界上最大的滑板有 11.15 米长、2.63 米宽，简直像艘游艇！想让这么个大家伙动起来却不是件容易的事，更别说加速和转向了。

科技日新月异，滑板也不再局限于陆地。"悬浮滑板"能让人们在空中"天马行空"，但操控可不容易，连滑板界的传奇人物托尼·霍克也只能让它在原地打转；还有一种水上滑板，接上水管后，借助水喷出的强劲力道，能把人和滑板一起送上半空——我很好奇，如果突然停水了，会发生什么？嘿嘿……

科学日记的写法

　　不瞒你说，写了这么多日记，我通过总结，已经深刻认识到科学日记与普通日记的不同啦！

　　普通日记主要就是要把当天事件的主人公、时间、地点都写清楚，还要把主要事件的起因、经过、结果交代明白。注意不能写成"8点我做了什么，然后又做了什么，接下来又怎么样"，这样就变成了"日记杀手"——流水账了。

　　写日记呢，还要注意加入自己的思考和情感，否则讲出来的事情就像发生在石头人身上，干巴巴的，一点儿都没意思。你知道的，我们小朋友总是有很多被大人称作奇思妙想的东西，如果不记录下来，就太可惜了。

　　啊，对了！还有一点是写日记一定要勤奋。我们身边每天发生那么多有意思的事情，也会遇到许多奇特有趣的人，这都需要及时记录下来。因为发生在我们身边的事情太多了，如果不及时记录，时间一长就会忘记。要知道，很多大文豪，都是通过记日记积累素材、锻炼文笔的呢！咱们的作文也可以

通过记日记来提高。

接下来我要说说科学日记的写法。科学日记也是日记的一种，所以在基本要求方面是和普通日记一致的，不过多了"科学"二字，却又有许多需要注意的地方。普通日记中，我们可以单纯记述一个现象，那么科学日记就要求我们解释这种现象，并且尽量在此基础上做到举一反三，集思广益，用我们的智慧做引导，亲自动手去实践。因为实践才是检验真理的唯一标准嘛！讲解一个现象的科学原理是一个很复杂的过程，如果只是将书本上的解释抄在日记本上，很多对于我们来说依然是一头雾水。所以不懂的知识要向大人们请教，直到真的明白了，再用自己的话记到日记里，这样的科学日记才是有意义的！

记日记需要勤奋，记科学日记还需要有探索精神。日常生活中的点滴都蕴含着科学原理，多问几个为什么，你会发现许多想象不到的有趣知识。树上的果子掉下来砸到牛顿，牛顿问出为什么果子是向下落到地上，而不是飞上天。如果是你，会不会欢天喜地抱着果子洗洗吃掉了呢？

图书在版编目（CIP）数据

游戏有科学 / 肖叶，魏钦著；杜煜绘. -- 北京：天天出版社，2024.3（2025.6重印）
（孩子超喜爱的科学日记）
ISBN 978-7-5016-2268-9

Ⅰ.①游… Ⅱ.①肖…②魏…③杜… Ⅲ.①科学知
识—少儿读物 Ⅳ.①Z228.1

中国国家版本馆CIP数据核字(2024)第049231号

责任编辑：陈 莎		文字编辑：程笛轩
责任印制：康远超 张 璞		美术编辑：曲 蒙

出版发行：天天出版社有限责任公司
地址：北京市东城区东中街 42 号　　　　　**邮编**：100027
市场部：010-64169902　　　　　　　　　　**传真**：010-64169902
网址：http://www.tiantianpublishing.com
邮箱：tiantiancbs@163.com

印刷：北京鑫益晖印刷有限公司　　　　**经销**：全国新华书店等
开本：710×1000　　1/16　　　　　　　**印张**：8.25
版次：2024 年 3 月北京第 1 版　　　　**印次**：2025 年 6 月第 3 次印刷
字数：78 千字

书号：978-7-5016-2268-9　　　　　　　　**定价**：30.00 元

更来得重，没事先拉拉胡琴，约个人唱两出。久而久之，来个"坐打二黄"，锣鼓一齐响，你不搬家还等着什么？想用功到时候了，人家却是该玩的时候；你说明天第一堂有课，人家十时多才上班。你想着票友散了，先睡一觉，人家楼上孩子全起来了，玩橄榄球，拉凳子，打铁壶又跟上了。心中老害怕薄薄一层楼板，早晚是全军覆没，盖上木头被褥，那才高兴呢！

一封客客气气的劝告信，满希望等楼上的先生下了班，送了过去，发生点效力。一会儿楼上老妈子推门进来说，我们太太不认识字，老爷不在家，太太说不收这封信。好吧，接过来，整个丢进字纸篓里。自愧没做公安局长。

一个月后，房子才算妥当了，半年为期，没有什么难堪条件。回来对她一说，她先摇头，难道楼下你还没住够？我说，这次可担保，一定没有以前所受的流弊。房子够住，地点适宜，离学校，菜市，大街都近，而且喜欢遇到整齐的院子，又带着一个大空后院，练球，跳远，打拳都行。再说楼上只住老夫妇俩，还是教育界。她点了点头。

两辆大敞车，把所有的动产，在一早晨都搬了过去，才又发现门口正对着某某宿舍三个敞口大垃圾箱。掩鼻而过可也！

鹈鹕与鱼

郑振铎

　　夕阳的柔红光，照在周围十余里的一个湖泽上，没有什么风，湖面上绿油油的像一面镜似的平滑。一望无垠的稻田。垂柳松杉，到处点缀着安静的景物。有几只渔舟，在湖上碇泊着。渔人安闲地坐在舵尾，悠然地在吸着板烟。船头上站立着一排士兵似的鹈鹕，灰黑色的，喉下有一大囊鼓突出来。渔人不知怎样地发了一个命令，这些水鸟们便都扑扑地钻没入水面以下去了。

　　湖面被冲荡成一圈圈的粼粼小波。夕阳光跟随着这些小波浪在跳跃。

　　鹈鹕们陆续地钻出水来，上了船。渔人忙着把鹈鹕们喉囊里吞装着的鱼，一只只地用手捏压出来。

　　鹈鹕们睁着眼望着。

平野上炊烟四起，袅袅地升上晚天。

渔人拣着若干尾小鱼，逐一地抛给鹈鹕们吃，一口便咽了下去。

提起了桨，渔人划着小舟归去。湖面上刺着一条水痕。鹈鹕们士兵似的齐整地站立在船头。

天色逐渐暗了下去。湖面又平静如恒。

这是一幅很静美的画面，富于诗意；诗人和画家都要想捉住的题材。

但隐藏在这静美的画面之下的，却是一个残酷可怖的争斗，生与死的争斗。

在湖水里生活着的大鱼小鱼们看来，渔人和鹈鹕们都是敌人，都是蹂躏它们，置它们于死的敌人。

但在鹈鹕们看来，究竟有什么感想呢？

鹈鹕们为渔人所喂养，发挥着它们捕捉鱼儿的天性，为渔人干着这种可怖的杀鱼的事业。它们自己所得的却是那么微小的酬报！

当它们兴高采烈地钻没入水面以下时，它们只知道捕捉、吞食，越多越好。它们曾经想到过：钻出水面，上了船头时，它们所捕捉、所吞食的鱼儿们依然要给渔人所逐一捏压出来，自己丝毫不能享用的吗？

他们要是想到过，只是作为渔人的捕鱼的工具，而自己不能享用时，恐怕他们便不会那么兴高采烈地在捕捉在吞食吧。

渔人却悠然地坐在船艄，安闲地抽着板烟，等待着鹈鹕们为他捕捉鱼儿。一切的摆布，结果，都是他事前所预计着的。难道是"运命"在播弄着的吗，渔人总是在"收着渔人之利"的；鹈鹕们天生地要为渔人而捕捉、吞食鱼儿；鱼儿们呢，仿佛只有被捕捉、被吞食的份儿，不管享用的是鹈鹕们或是渔人。

在人间，在沦陷区里，也正演奏着鹈鹕们的"为他人做嫁衣裳"的把戏。

当上海在暮影笼罩下，蝙蝠们开始在乱飞，狐兔们渐渐地由洞穴里爬了出来时，敌人的特工人员（后来是"七十六号"里的东西），便像夏天的臭虫似的，从板缝里钻出来找"血"喝。

他们先拣肥的，有油的，多血的人来吮、来咬、来吃。手法很简单：捉了去，先是敲打一顿，乱踢一顿，——掌颊更是极平常的事——或者吊打一顿，然后对方的家属托人出来说情。破费了若干千万，喂得他们满意了，然后才有被释放的可能。其间也有清寒的志士们只好挺身牺牲。但不花钱的人恐怕很少。

某君为了私事从香港到上海来，被他们捕捉住，作为重庆的间谍看待。囚禁了好久才放了出来。他对我说：先要用皮鞭抽打，那尖长的鞭鞘，内里藏的是钢丝，抽一下，便深陷在肉里去；抽了开去时，留下的是一条鲜血痕。稍不小心，便得受一掌、一拳、一脚。说时，他拉开裤脚管给我看，大腿上一大块伤痕，那是敌人用皮靴狠踢的结果。他不说明如何得释，但恐怕不会是很容易的。

那些敌人的爪牙们，把志士们乃至无数无辜的老百姓们捕捉着、吞食着。且偷、且骗、且抢、且夺的，把他们的血吮着、吸着、喝着。

爪牙们被喂得饱饱的，肥头肥脑的，享受着有生以来未曾享受过的"好福好禄"。所有出没于灯红酒绿的场所，坐着汽车疾驰过街的，大都是这些东西。

有一个坏蛋中的最坏的东西，名为吴世宝的，出身于保镖或汽车夫之流，从不名一钱的一个街头无赖，不到几时，洋房有了，而且不止一所；汽车有了，而且也不止一辆；美妾也有了，而且也不止一个。有一个传说，说他的洗澡盆是用银子打成的，金子熔铸的食具以及其他用具，不知有多少。

他享受着较桀纣还要舒适奢靡的生活。

金子和其他的财货一天天地多了，更多了，堆积得恐怕连他自己也不知其数。都是从无辜无告的人那里榨取偷夺而来的。

怨毒之气一天天地深；有无数的流言怪语在传播着。

群众侧目而视，重足而立；吴世宝这三个字，成为最恐怖的"毒物"的代名词。

他的主人（敌人），觉察到民怨沸腾到无可压制的时候，便一举手地把他逮捕了，送到监狱里去。他的财产一件件地被吐了出来。——不知到底吐出了多少。等到敌人，他的主人觉得满意了，而且说情的人也渐渐多了，才把他释放出来。但在临释的时候，却唆使狗咬断了他的咽喉。他被护送到苏州养伤，在受尽了痛苦之后，方才死去。

这是一个最可怖的鹈鹕的下场。

敌人博得"惩"恶的好名，平息了一部分无知的民众的怨毒的怒火，同时却获得了吴世宝积恶所得的无数掳获物，不必自己去搜括。

这样的效法喂养鹈鹕的渔人的办法，最为恶毒不过。安享着无数的资产，自己却不必动一手，举一足。

鹈鹕们一个个地上场，一个个地下台。一时意气昂昂，一时却又垂头丧气。

然而没有一个狐兔或臭虫视此为前车之鉴的。他们依然地在搜括、在捕捉、在吞食，不是为了他们自己，却是为了他们的主人。

他们和鹈鹕们同样的没有头脑，没有灵魂，没有思想。他们一个个走上了同样的没落的路，陷落在同一的悲惨的运命里。然而一个个却都踊跃地向坟墓走去，不徘徊，不停步，也不回头。

我的人生兴趣

李叔同

　　有人说我在出家前是书法家、画家、音乐家、诗人、戏剧家等，出家后这些造诣更深。其实不是这样的，所有这一切都是我的人生兴趣而已。我认为一个人在他有生之年应多学一些东西，不见得样样精通，如果能做到博学多闻就很好了，也不枉屈自己这一生一世。而我在出家后，拜印光大师为师，所有的精力都致力于佛法的探究上，全身心地去了解"禅"的含义，在这些兴趣上反倒不如以前痴迷了，也就荒疏了不少。然而，每当回忆起那段艺海生涯，总是有说不尽的乐趣！

　　记得在我十八岁那年，我与茶商之女俞氏结为夫妻。当时哥哥给了我三十万元作贺礼，于是我就买了一架钢琴，开始学习音乐方面的知识，并尝试着作曲。后来我与母亲和妻子搬到了上海法租界，由于上海有我家的产业，我可以以少东家的身份支取相当高的生活费用，也因此得以与上海的名流们交往。当时，上海城南有一个组织叫"城南文社"，每月都有文学比试，我投了三次稿，有幸的是每次都获得第一名，从而与文社的主事许幻园先生成为朋友。他为我们全家在城南草堂打扫了房屋，并让我们移居了过去，在那里，我和他及另外三位文友结为金兰之好，还号称是"天涯五友"。后来我们共同成立了"上海书画公会"，每个星期都出版书画报纸，与那些志同道合的同人们一起探讨研究书画及诗词歌赋。但是这个公社成立不久就解散了。

由于公社解散，而我的长子在出生后不久就夭折了，不久后我的母亲又过世了，多重不幸给我带来了不小的打击，于是我将母亲的遗体运回天津安葬，并把妻子和孩子一起带回天津，我独自一人前往日本求学。在日本，我就读于日本当时美术界的最高学府——上野美术学校，而我当时的老师亦是日本最有名的画家之一——黑田清辉。当时我除了学习绘画外，还努力学习音乐和作曲。那时我确实是沉浸在艺术的海洋中，那是一种真正的快乐享受。

我从日本回来后，政府的腐败统治导致国衰民困，金融市场更是惨淡，很多钱庄、票号都相继倒闭，我家的大部分财产也因此化为乌有了。我的生活也就不再像以前那样无忧无虑了，为此我到上海城东女校当老师去了，并且同时任《太平洋报》文艺版的主编。但是没多久报社被查封，我也为此丢掉了工作。大概几个月后我应聘到浙江师范学校担任绘画和音乐教员，那段时间是我在艺术领域里驰骋最潇洒自如的日子，也是我一生最忙碌、最充实的日子。

自己所能做的

周作人

　　自己所能做的是什么？这句话首先应当问，可是不大容易回答。饭是人人能吃的，但是像我这一顿只吃一碗的，恐怕这就很难承认自己是能吧。以此类推，许多事都尚待理会，一时未便画供。这里所说的自然只限于文事，平常有时还思量过，或者较为容易说，虽然这能也无非是主观的，只是想能而已。我自己想做的工作是写笔记。清初梁清远著《雕丘杂录》卷八有一则云：

　　"余尝言，士人至今日凡作诗作文俱不能出古人范围，即有所见，自谓创获，而不知已为古人所已言矣。惟随时记事，或考论前人言行得失，有益于世道人心者，笔之于册，如《辍耕录》《鹤林玉露》

之类，庶不至虚其所学，然人又多以说家杂家目之。嗟乎，果有益于世道人心，即说家杂家何不可也。"

又卷十二云：

"余尝论文章无裨于世道人心即卷如牛腰何益，且今人文理粗通少知运笔者即各成文集数卷，究之只堪覆瓿耳，孰过而问焉。若人自成一说家如杂抄随笔之类，或纪一时之异闻，或抒一己之独见，小而技艺之精，大而政治之要，罔不叙述，令观者发其聪明，广其闻见，岂不足传世翼教乎哉。"

不佞是杂家而非说家，对于梁君的意见很是赞同，却亦有差异的地方。我不喜掌故，故不叙政治，不信鬼怪，故不纪异闻，不作史论，故不评古人行为得失。余下来的一件事便是涉猎前人言论，加以辨别，披沙拣金，磨杵成针，虽劳而无功，于世道人心却当有益，亦是值得做的工作。中国民族的思想传统本来并不算坏，他没有宗教的狂信与权威，道儒法三家只是爱智者之分派，他们的意思我们也都很能了解。道家是消极得彻底，他们世故很深，觉得世事无可为，人生多忧患，便退下来愿以不才终天年，法家则积极得彻底，治天下不难，只消道之以政，齐之以刑，就可达到统一的目的。儒家是站在这中间的，陶渊明《饮酒》诗中云：

汲汲鲁中叟，弥缝使其淳，凤鸟虽不至，礼乐暂得新。

这弥缝二字实在说得极好，别无褒贬的意味，却把孔氏之儒的精神全表白出来了。佛教是外来的，其宗教部分如轮回观念以及玄学部分我都不懂，但其小乘的戒律之精严，菩萨的誓愿之宏大，加到中国思想里来，很有一种补剂的功用。不过后来出了流弊，儒家成了士大夫，专想升官发财，逢君虐民，道家合于方士，去弄烧丹拜斗等勾当，再一转变而道士与和尚均以法事为业，儒生亦信奉《太上感应篇》矣。这样一来，几乎成了一篇糊涂账，后世的许多罪恶差不多都由此支持下来，除了抽鸦片这件事在外。这些杂糅的东西一小部分记录在书本子上，大部分都保留在各人的脑袋瓜儿里以及社会百般事物上面，我们对他不能有什么有效的处置，至少也总当想法侦察他一番，分别加以批判。希腊古哲有言曰，要知道你自己。我们凡人虽于爱智之道无能为役，但既幸得生而为人，于此一事总不可不勉耳。

这是一件难事情，我怎么敢来动手呢。当初原是不敢，也就是那么逼成的，好像是"八道行成"里的大子，各处彷徨之后往往走到牛角里去。三十年前不佞好谈文学，仿佛是很懂得文学似的，此外关于有好许多事也都要乱谈，及今思之，腋下汗出。后乃悔悟，详加检讨，凡所不能自信的事不敢再谈，实行孔子不知为不知的教训，文学铺之类遂关门了，但是别的店呢? 孔子又云，知之为知之。到底还有什么是知的呢? 没有固然也并不妨，不过一样一样地减掉之后，就是这样的减完了，这在我们凡人大约是不很容易做到的，所以结果总如碟子里留着的末一个点心，让它多少要多留一会儿。我们不能干脆地画一个鸡蛋，满意而去，所以在关了铺门的路旁仍不免要去摆一小摊，算是还有点货色，还在做生意。文学是专门学问，实是不知道，自己所觉得略略知道的只有普通知识，即是中学程度的国文，历史，生理和博物，此外还有数十年中从书本和经历得来的一点知识。这些实在凌乱得很，不新不旧，也新也旧，用一句土话来说，这种知识是叫作"三脚猫"的。三脚猫原是不成气候的东西，在我这里却又正有用处。猫都是四条腿的，有三脚的倒反

而稀奇了，有如刘海氏的三脚蟾，便有描进画里去的资格
了。全旧的只知道过去，将来的人当然是全新的，对于
旧的过去或者全然不顾，或者听了一点就大悦，半新半旧
的三脚猫却有它的便利，有点像革命运动时代的老新党，
他比革命成功后的青年有时更要急进，对于旧势力旧思
想很不宽假，因为他更知道这里边的辛苦。我因此觉得
也不敢妄自菲薄，自己相信关于这些事情不无一日之长，
愿意尽我的力量，有所供献于社会。我不懂文学，但知
道文章的好坏，不懂哲学玄学，但知道思想的健全与否。
我谈文章，系根据自己写及读国文所得的经验，以文情并
茂为贵。谈思想，系根据生物学文化人类学道德史性的
心理等的知识，考察儒释道法各家的意思，参酌而定，以
情理并合为上。我的理想只是中庸，这似乎是平凡的东
西，然而并不一定容易遇见，所以总觉得可称扬的太少，
一面固似抱残守缺，一面又像偏喜诃佛骂祖，诚不得已
也。不佞盖是少信的人，在现今信仰的时代有点不大抓
得住时代，未免不很合适，但因此也正是必要的，语曰，
良药苦口利于病，是也。

不佞从前谈文章谓有言志载道两派，而以言志为是。
或疑诗言志，文以载道，二者本以诗文分，我所说有点缠

夹，又或疑志与道并无若何殊异，今我又屡言文之有益于世道人心，似乎这里的纠纷更是明白了。这所疑的固然是事出有因，可是说清楚了当然是查无实据。我当时用这两个名称的时候的确有一种主观，不曾说得明了，我的意思以为言志是代表《诗经》的，这所谓志即是诗人各自的情感，而载道是代表唐宋文的，这所谓道乃是八大家共通的教义，所以二者是绝不相同的。现在如觉得有点缠夹，不妨加以说明云：凡载自己之道者即是言志，言他人之志者亦是载道。我写文章无论外行人看去如何幽默不正经，都自有我的道在里边，不过这道并无祖师，没有正统，不会吃人，只是若大路然，可以走，而不走也由你的。我不懂得为艺术的艺术，原来是不轻看功利的，虽然我也喜欢明其道不计其功的话，不过讲到底这道还就是一条路，总要是可以走的才行。于世道人心有益，自然是件好事，我哪里有反对的道理，只恐怕世间的是非未必尽与我相同，如果所说发其聪明，广其闻见，原是不错，但若必以江希张为传世而叶德辉为翼教，则非不佞之所知矣。

一个人生下到世间来不知道是偶然的还是必然的，但是无论如何，在生下来以后那总是必然的了。凡是中国人不管先天后天上有何差别，反正在这民族的大范围内没法跳得出，固然不必怨艾，也并无可骄夸，还须得清醒切实地做下去。国家有许多事我们固然不会也实在是管不着，那么至少关于我们的思想文章的传统可以稍加注意，说不上研究，就是辨别批评一下也好，这不但是对于后人的义务也是自己所有的权利，盖我们生在此地此时实是一种难得的机会，自有其特殊的便宜，虽然自然也就有其损失，我们不可不善自利用，庶不至虚负此生，亦并对得起祖宗与子孙也。语曰，秀才人情纸一张。又曰，千里送鹅毛，物轻情意重。如有力量，立功固所愿，但现在所能止此，只好送一张纸，大家莫嫌微薄，自己却也在警戒，所写不要变成一篇寿文之流才好耳。

整理好了的箱子

夏丏尊

　　他傍晚从办事的地方回家，见马路上逃难的情形较前几日更厉害了。满载着铺盖箱子的黄包车、汽车、搬场车，衔头接尾地齐向租界方面跑。人行道上一群一群地立着看的人，有的在交头接耳谈着什么，神情慌张得很。

　　他自己的里弄门口，也有许多人在忙乱地进出，弄里面还停放着好几辆搬场车子。

　　她已在房内整理好了箱子。

　　"看来非搬不可了，弄里的人家差不多快要搬空。本来留剩的已没几家，今天上午搬的有十三号、十六号，下午搬的有三号、十九号，方才又有两部车子开进里面来，不知道又是哪几家要搬。你看我们怎样?"

　　"搬到哪里去呢? 听说黄包车要一块钱一部，汽车要隔夜预定，旅馆又家家客满。倒不如依我的话，听其自然吧。我不相信真个会打仗。"

"半点钟前王先生特来关照，说他本来也和你一样，不预备搬的，昨天已搬到法租界去了。他有一个亲戚在南京做官，据说这次真要打仗了。他又说，闸北一带今天晚上十二点钟就要开火，叫我们把箱子先搬出几只，人等炮声响了再说。"

"所以你在整理箱子？我和你没有什么好衣服，这几只箱子值得多少钱呢？"

"你又来了，'一·二八'那回也是你不肯先搬，后来光身逃出，弄得替换衫裤都没有，件件要重做，到现在还没有添配舒齐，难道又要……"

"如果中国政府真个会和人家打仗，我们什么都该牺牲，区区不值钱的几只箱子算什么！恐怕都是些谣言吧。"

"……"

几只整理好了的箱子胡乱地叠在屋角。她悄然对了这几只箱子看。

搬场汽车啵啵地接连开出以后，弄里面赖以打破黄昏的寂寞的只是晚报的叫卖声。

晚报用了枣子样的大字列着"×××不日飞京，共赴国难，精诚团结有望""五全大会开会"等等的标题。

……

他傍晚从办事的地方回家，带来了几种报纸。里面有许多平安的消息，什么"军政部长何应钦声明对日亲善外交决不变更"，什么"窦乐安路日兵撤退"，什么"日本总领事声明决无战事"，什么"市政府禁止搬场"。她见了这些大字标题，一星期来的愁眉为之一松。

"我的话不错吧，终究是谣言。哪里会打什么仗！"

"我们幸而不搬，隔壁张家这次搬场，听说花了两三百块钱呢。还有宝山路李家，听说一家在旅馆里困地板，连吃连住要十多块钱一天的开销，家里昨天晚上还遭了贼偷。李太太今天到这里，说起来要下泪。都是造谣言的害人。"

"总之，中国人难做是真的。——这几只箱子不知道要到什么时候才有牺牲的机会呢？"

几只整理好了的箱子胡乱地叠在屋角。他悄然地对了这几只箱子看。

打破弄内黄昏的寂寞的仍旧还只有晚报的叫卖声。晚报上用枣子样的大字列着的标题是："日兵云集榆关。"

第二章

内心丰盈者，

独行也如众

一个人在途上

郁达夫

在东车站的长廊下和女人分开以后，自家又剩了伶仃丁的一个。频年漂泊惯的两口儿，这一回的离散，倒也算不得什么特别，可是端午节那天，龙儿刚死，到这时候北京城里虽已起了秋风，但是计算起来，去儿子的死期，究竟还只有一百来天。在车座里，稍稍把意识恢复转来的时候，自家就想起了卢骚晚年的作品《孤独散步者的梦想》的头上的几句话：

> 自家除了己身以外，已经没有弟兄，没有邻人，没有朋友，没有社会了。自家在这世上，像这样的，已经成了一个孤独者了……

然而当年的卢骚还有弃养在孤儿院内的五个儿子，而我自己哩，连一个抚育到五岁的儿子都还抓不住！

离家的远别，本来也只为想养活妻儿。去年在某大学的被逐，是万料不到的事情。其后兵乱迭起，交通阻绝，当寒冬的十月，会病倒在沪上，也是谁也料想不到的。今年二月，好容易到得南方，静息了一年之半，谁知这刚养得出趣的龙儿又会遭此凶疾呢？

龙儿的病根，本是在广州得着，匆促北航，到了上海，接连接了几个北京来的电报。换船到天津，已经是旧历的五月初十。到家之夜，一见了门上的白纸条儿，心里已经跳得忙乱，从苍茫的暮色里赶到哥哥家中，见了衰病的她，因为在大众之前，勉强将感情压住。草草吃了夜饭，上床就寝，把电灯一灭，两人只有紧抱的痛哭，痛哭，痛哭，只是痛哭，气也换不过来，更哪里有说一句话的余裕？

受苦的时间，的确脱煞过去得太悠徐，今年的夏季，只是悲叹的连续。晚上上床，两口儿，哪敢提一句话？可怜这两个迷散的灵心，在电灯灭黑的黝暗里，所摸走的荒路，每会凑集在一条线上，这路的交叉点里，只有一块小小的墓碑，墓碑上只有"龙儿之墓"的四个红字。

妻儿因为在浙江老家内不能和母亲同住，不得已而搬往北京当时我在寄食的哥哥家去，是去年的四月中旬。那时候龙儿正长得肥满可爱，一举一动，处处教人欢喜。到了五月初，从某地回京，觉得哥哥家太狭小，就在什刹海的北岸，租定了一间渺小的住宅。夫妻两个日日和龙儿伴乐，闲时也常在北海的荷花深处，及门前的杨柳荫中带龙儿去走走。这一年的暑假，总算过得最快乐，最闲适。

秋风吹叶落的时候，别了龙儿和女人，再上某地大学去为朋友帮忙，当时他们俩还往西车站去送我来哩！这是去年秋晚的事情，想起来还同昨日的情形一样。

过了一月，某地的学校里发生事情，又回京了一次，在什刹海小住了两星期，本来打算不再出京了，然碍于朋友的面子，又不得不于一天寒风刺骨的黄昏，上西车站去乘车。这时候因为怕龙儿要哭，自己和女人，吃过晚饭，便只说要往哥哥家里去，只许他送我们到门口。记得那一天晚上他一个人和老妈子立在门口，等我们俩去了好远，还"爸爸！爸爸！"地叫了好几声。啊啊，这几声的呼唤，是我在这世上听到的他叫我的最后的声音！

出京之后，到某地住了一宵，就匆促逃往上海。接续便染了病，遇了强盗辈的争夺政权，其后赴南方暂住，一直到今年的五月，才返北京。

想起来，龙儿实在是一个填债的儿子，是当乱离困厄的这几年中间，特来安慰我和他娘的愁闷的使者！

自从他在安庆生落以来，我自己没有一天脱离过苦闷，没有一处安住到五个月以上。我的女人，也和我分担着十字架的重负，只是东西南北地奔波漂泊。然当日夜难安，悲苦得不了的时候，只教他的笑脸一开，女人和我，就可以把一切穷愁，丢在脑后。而今年五月初十待我赶到北京的时候，他的尸体，早已在妙光阁的广谊园地下躺着了。

他的病，说是脑膜炎。自从得病之日起，一直到旧历端午节的午时绝命的时候止，中间经过有一个多月的光景。平时被我们宠坏了的他，听说此番病里，却乖顺得非常。叫他吃药，他就大口地吃，叫他用冰枕，他就很柔顺地躺上。病后还能说话的时候，只问他的娘"爸爸几时回来？""爸爸在上海为我定做的小皮鞋，已经做好了没有？"我的女人，于惑乱之余，每幽幽地问他："龙！你晓得你这一场病，会不会死的？"他老是很不愿意地回答说："哪儿会死的哩？"据女人含泪地告诉我说，他的谈吐，绝不似一个五岁的小儿。

未病之前一个月的时候，有一天午后他在门口玩耍，看见西面来了一乘马车，马车里坐着一个戴灰白帽子的青年。他远远看见，就急忙丢下了伴侣，跑进屋里去叫他娘出来，说："爸爸回来了，爸爸回来了！"因为我去年离京时所戴的，是一样的一顶白灰呢帽。他娘跟他出来到门前，马车已经过去了，他就死劲地拉住了他娘，哭喊着说："爸爸怎么不家来吓？爸爸怎么不家来吓？"他娘说慰了半天，他还尽是哭着，这也是他娘含泪和我说的。现在回想起来，自己实在不该抛弃了他们，一个人在外面流荡，致使他那小小的灵心，常有这望远思亲之痛。

去年六月，搬往什刹海之后，有一次我们在堤上散步，因为他看见了人家的汽车，硬是哭着要坐，被我痛打了一顿。又有一次，也是因为要穿洋服，受了我的毒打。这实在只能怪我做父亲的没有能力，不能做洋服给他穿，雇汽车给他坐。早知他要这样的早死，我就是典当抢劫，也应该去弄一点钱来，满足他的无邪的欲望。到现在追想起来，实在觉得对他不起，实在是我太无容人之量了。

我女人说，濒死的前五天，在病院里，他连叫了几夜的爸爸！她问他"叫爸爸干什么？"他又不响了，停一会儿，就又再叫起来。到了旧历五月初三日，他已入了昏迷状态，医师替他抽骨髓，他只会直叫一声"干吗？"喉头的气管，咯咯在抽咽，眼睛只往上吊送，口头流些白沫，然而一口气总不肯断。他娘哭叫几声"龙！龙！"他的小眼角上，就会迸流些眼泪出来，后来他娘看他苦得难过，倒对他说：

"龙！你若是没有命的，就好好地去吧！你是不是想等爸爸回来？就是你爸爸回来，也不过是这样的替你医治罢了。龙！你有什么不了的心愿呢？龙！与其这样的抽咽受苦，你还不如快快地去吧！"

他听了这一段话，眼角上的眼泪，更是涌流得厉害。到了旧历端午节的午时，他竟等不着我的回来，终于断气了。

丧葬之后，女人搬往哥哥家里，暂住了几天。我于五月十日晚上，下车赶到什刹海的寓宅，打门打了半天，没有应声，后来抬头一看，才见了一张告示邮差送信的白纸条。

自从龙儿生病以后，连日连夜看护久已倦了的她，又哪里经得起最后的这一个打击？自己当到京之夜，见了她的衰容，见了她的泪眼，又哪里能够不痛哭呢？

在哥哥家里小住了两三天，我因为想追求龙儿生前的遗迹，一定要女人和我仍复搬回什刹海的住宅去住它一两个月。

搬回去那天，一进上屋的门，就见了一张被他玩破的今年正月里的花灯。听说这张花灯，是南城大姨妈送他的，因为他自家烧破了一个窟窿，他还哭过好几次来的。

其次，便是上房里砖上的几堆烧纸钱的痕迹！当他下殓时烧给他的。

院子里有一架葡萄，两棵枣树，去年采取葡萄枣子的时候，他站在树下，兜起了大褂，仰头在看树上的我。我摘取一颗，丢入了他的大褂兜里，他的哄笑声，要继续到三五分钟。今年这两棵枣树，结满了青青的枣子，风起的半夜里，老有熟极的枣子辞枝自落。女人和我，睡在床上，有时候且哭且谈，总要到更深人静，方能入睡。在这样的幽幽的谈话中间，最怕听的，就是这滴答的坠枣之声。

到京的第二日，和女人去看他的坟墓。先在一家南纸铺里买了许多冥府的钞票，预备去烧送给他。直到到了妙光阁的广谊园莹的门前，她方从呜咽里清醒过来，说："这是钞票，他一个小孩如何用得呢？"就又回车转来，到琉璃厂去买了些有孔的纸钱。她在坟前哭了一阵，把纸钱钞票烧化的时候，却叫着说：

"龙！这一堆是钞票，你收在那里，待长大了的时候再用，要买什么，你先拿这一堆钱去用吧！"

这一天在他的坟上坐着，我们直到午后七点，太阳平西的时候，才回家来。临走的时候，他娘还哭叫着说：

"龙！龙！你一个人在这里不怕冷静的吗？龙！龙！人家若来欺你，你晚上来告诉娘吧！你怎么不想回来了呢？你怎么梦也不来托一个呢？"

箱子里，还有许多散放着的他的小衣服。今年北京的天气，到七月中旬，已经是很冷了。当微凉的早晚，我们俩都想换上几件夹衣，然而因为怕见到他旧时的夹衣袍袜，我们俩却尽是一天一天地挨着，谁也不说出口来，说"要换上件夹衫"。

有一次和女人在那里睡午觉，她骤然从床上坐了起来，鞋也不穿，光着袜子，跑上了上房起坐室里，并且更掀帘跑上外面院子里去。我也莫名其妙跟着她跑到外面的时候，只见她在那里四面找寻什么，找寻不着，呆立了一会，她忽然放声哭了起来，并且抱住了我急急地追问说："你听不听见？你听不听见？"哭完之后，她才告诉我说，在半醒半睡的中间，她听见"娘！娘！"地叫了两声，的确是龙的声音，她很坚定地说："的确是龙回来了。"

北京的朋友亲戚，为安慰我们起见，今年夏天常请我们俩去吃饭听戏，她老不愿意和我同去，因为去年的六月，我们无论上哪里去玩，龙儿是常和我们在一处的。

今年的一个暑假，就是这样的，在悲叹和幻梦的中间消逝了。

这一回南方来催我就道的信，过于匆促，出发之前，我觉得还有一件大事情没有做了。

中秋节前新搬了家，为修理房屋，部署杂事，就忙了一个星期。出发之前，又因了种种琐事，不能抽出空来，再上龙儿的墓地里去探望一回。女人上东车站来送我上车的时候，我心里尽酸一阵痛一阵地在回念这一件恨事。有好几次想和她说出来，教她于两三日后再往妙光阁去探望一趟，但见了她的憔悴尽的颜色，和苦忍住的凄楚，又终于一句话也没有讲成。

现在去北京远了，去龙儿更远了，自家只一个人，只是孤伶仃的一个人，在这里继续此生中大约是完不了的漂泊。

暂时脱离尘世

丰子恺

夏目漱石的小说《旅宿》(日本名《草枕》)中有一段话："苦痛、愤怒、叫嚣、哭泣，是附着在人世间的。我也在三十年间经历过来，此中况味尝得够腻了。腻了还要在戏剧、小说中反复体验同样的刺激，真吃不消。我所喜爱的诗，不是鼓吹世俗人情的东西，是放弃俗念，使心地暂时脱离尘世的诗。"

夏目漱石真是一个最像人的人。今世有许多人外貌是人，而实际很不像人，倒像一架机器。这架机器里装满着苦痛、愤怒、叫嚣、哭泣等力量，随时可以应用。即所谓"冰炭满怀抱"也。他们非但不觉得吃不消，并且认为做人应当如此，不，做机器应当如此。

我觉得这种人非常可怜，因为他们毕竟不是机器，而是人。他们也喜爱放弃俗念，使心地暂时脱离尘世。不然，他们为什么也喜欢休息，喜欢说笑呢？苦痛、愤怒、叫嚣、哭泣，是附着在人世间的，人当然不能避免。但请注意"暂时"这两个字，"暂时脱离尘世"，是快适的，是安乐的，是营养的。

陶渊明的《桃花源记》，大家知道是虚幻的，是乌托邦，但是大家喜欢一读，就为了他能使人暂时脱离尘世。《山海经》是荒唐的，然而颇有人爱读。陶渊明读后还咏了许多诗。这仿佛白日做梦，也可暂时脱离尘世。

铁工厂的技师放工回家，晚酌一杯，以慰尘劳。举头看见墙上挂着一大幅《冶金图》，此人如果不是机器，一定感到刺目。军人出征回来，看见家中挂着战争的画图，此人如果不是机器，也一定感到厌烦。从前有一科技师向我索画，指定要画儿童游戏。有一律师向我索画，指定要画西湖风景。此种些微小事，也竟有人萦心注目。二十世纪的人爱看表演千百年前故事的古装戏剧，也是这种心理。人生真乃意味深长！这使我常常怀念夏目漱石。

生活之艺术

周作人

契诃夫（Tchekhov）书简集中有一节道，（那时他在瑷珲附近旅行，）"我请一个中国人到酒店里喝烧酒，他在未饮之前举杯向着我和酒店主人及伙计们，说道'请'。这是中国的礼节。他并不像我们那样的一饮而尽，却是一口一口地啜，每啜一口，吃一点东西；随后给我几个中国铜钱，表示感谢之意。这是一种怪有礼的民族。……"

一口一口地啜，这的确是中国仅存的饮酒的艺术：干杯者不能知酒味，泥醉者不能知微醺之味。中国人对于饮食还知道一点享用之术，但是一般的生活之艺术却早已失传了。中国生活的方式现在只是两个极端，非禁欲即是纵欲，非连酒字都不准说即是浸身在酒槽里，二者互相反动，各益增长，而其结果则是同样的污糟。动物的生活本有自然的调节，中国在千年以前文化发达，一时有臻于灵肉一致之象，后来为禁欲思想所战胜，变成现在这样的生活，无自由，无节制，一切在礼教的面具底下实行迫压与放恣，实在所谓礼者早已消灭无存了。

生活不是很容易的事。动物那样的，自然地简易地生活，是其一法；把生活当作一种艺术，微妙地美地生活，又是一法；二者之外别无道路，有之则是禽兽之下的乱调的生活了。生活之艺术只在禁欲与纵欲的调和。蔼理斯对于这个问题很有精到的意见，他排斥宗教的禁欲主义，但以为禁欲亦是人性的一面；欢乐与节制二者并存，且不相反而实相成。人有禁欲的倾向，即所以防欢乐的过量，并即以增欢乐的程度。他在《圣芳济与其他》一篇论文中曾说道，"有人以此二者（即禁欲与耽溺）之一为其生活之唯一目的者，其人将在尚未生活之前早已死了。有人先将其一（耽溺）推至极端，再转而之他，其人才真能了解人生是什么，日后将被记念为模范的高僧。但是始终尊重这二重理想者，那才是知生活法的明智的大师。……一切生活是一个建设与破坏，一个取进与付出，一个永远的构成作用与分解作用的循环。要正当地生活，我们须得模仿大自然的豪华与严肃"。他又说过，"生活之艺术，其方法只在于微妙地混合取与舍二者而已"，更是简明地说出这个意思来了。

生活之艺术这个名词，用中国固有的字来说便是所谓礼。斯谛耳博士在《仪礼》的序上说，"礼节并不单是一套仪式，空虚无用，如后世所沿袭者。这是用以养成自制与整饬的动作之习惯，唯有能领解万物感受一切之心的人才有这样安详的容止"。从前听说辜鸿铭先生批评英文《礼记》译名的不妥当，以为"礼"不是 Rite 而是 Art，当时觉得有点乖僻，其实却是对的，不过这是指本来的礼，后来的礼仪礼教都是堕落了的东西，不足当这个称呼了。中国的礼早已丧失，只有如上文所说，还略存于茶酒之间而已。去年有西人反对上海禁娼，以为妓院是中国文化所在的地方，这句话的确难免有点荒谬，但仔细想来也不无若干理由。我们不必拉扯唐代的官妓，希腊的"女友"（Hetaira）的韵事来作辩护，只想起某外人的警句，"中国挟妓如西洋的求婚，中国娶妻如西洋的宿娼"，或者不能不感到"爱之术"（Ars Amatoria）真是只存在草野之间了。我们并不同某西人那样要保存妓院，只觉得在有些怪论里边，也常有真实存在罢了。

中国现在所切要的是一种新的自由与新的节制，去建造中国的新文明，也就是复兴千年前的旧文明，也就是与西方文化的基础之希腊文明相合一了。这些话或者说的太大太高了，但据我想舍此中国别无得救之道，宋以来的道学家的禁欲主义总是无用的了，因为这只足以助成纵欲而不能收调节之功。其实这生活的艺术在有礼节重中庸的中国本来不是什么新奇的事物，如《中庸》的起头说，"天命之谓性，率性之谓道，修道之谓教，"照我的解说即是很明白的这种主张，不过后代的人都只拿去讲章旨节旨，没有人实行罢了。我不是说半部《中庸》可以济世，但以表示中国可以了解这个思想。日本虽然也很受到宋学的影响，生活上却可以说是承受平安朝的系统，还有许多唐代的流风余韵，因此了解生活之艺术也更是容易。在许多风俗上日本的确保存这艺术的色彩，为我们中国人所不及，但由道学家看来，或者这正是他们的缺点也未可知罢。

夜航

石评梅

一九二五年元旦那天，我到医院去看天辛，那时残雪
未消，轻踏着积雪去叩弹他的病室，诚然具着别种兴趣，
在这连续探病的心情经验中，才产生出现在我这忏悔的惆
怅！不过我常觉由崎岖蜿蜒的山径到达到峰头，由翠荫森
森的树林到达到峰头；归宿虽然一样，而方式已有复杂简
略之分，因之我对于过去及现在，又觉心头轻泛着一种神
妙的傲意。

那天下午我去探病，推开门时，他是睡在床上头向着
窗瞧书，我放轻了足步进去，他一点都莫有觉得我来了，
依然一页一页翻着书。我脱了皮袍，笑着蹲在他床前，
手攀着床栏说："辛，我特来给你拜年，祝你一年的健康
和安怡。"

他似乎吃了一惊，见我蹲着时不禁笑了！我说：
"辛！不准你笑！从今天这时起，你做个永久的祈祷，你
须得诚心诚意得祈祷！"

"好！你告诉我祈祷什么？这空寂的世界我还有希翼
吗？我既无希望，何必乞怜上帝，祷告他赐我福惠呢？朋
友！你原谅我吧？我无力而且不愿做这幻境中自骗的祈
求了。"

仅仅这几句话，如冷水一样浇在我热血搏跃的心上
时，他奄奄地死寂了，在我满挟着欢意的希望中，现露出
这样一个严涩枯冷的阻物。他正在诅咒着这世界，这世
界是不预备给他什么，使他虔诚的心变成厌弃了，我还有
什么话可以安慰他呢！

这样沉默了有二十分钟，辛摇摇我的肩说："你起来，
蹲着不累吗？你起来我告诉你个好听的梦。快！快起
来！这一瞥飞逝的时间，我能说话时你还是同我谈谈吧！
你回去时再沉默不好吗！起来，坐在这椅上，我说昨夜我
梦的梦。"

我起来坐在靠着床的椅上，静静地听着他那抑扬如音
乐般声音，似夜莺悲啼，燕子私语，一声声打击在我心弦
上回旋。他说："昨夜十二点钟看护给我打了一针之后，

我才可勉强睡着。波微！从此之后我愿永远这样睡着，永远有这美妙的幻境环抱着我。

"我梦见青翠如一幅绿缎横披的流水，微风吹起的雪白浪花，似绿缎上纤织的小花；可惜我身旁没带着剪子，那时我真想裁割半幅给你做一件衣裳。

"似乎是个月夜，清澈如明镜的皎月，高悬在蔚蓝的天宇，照映着这翠玉碧澄的流水；那边一带垂柳，柳丝一条条低吻着水面像个女孩子的头发，轻柔而蔓长。柳林下系着一只小船，船上没有人，风吹着水面时，船独自在摆动。

"这景是沉静，是庄严，宛如一个有病的女郎，在深夜月光下，仰卧在碧茵草毡，静待着最后的接引，怆凄而冷静。又像一个受伤的骑士，倒卧在树林里，听着这渺无人声的野外，有流水呜咽的声音！他望着洒满的银光，想到祖国，想到家乡，想到深闺未眠的妻子。我不能比拟是那么和平，那么神寂，那么幽深。

"我是踟蹰在这柳林里的旅客，不知道这是什么地方？

"我走到系船的那棵树下，把船解开，正要踏下船板时，忽然听见柳林里有唤我的声音！我怔怔地听了半天，依旧把船系好，转过了柳林，缘着声音去寻。愈走近了，那唤我的声音愈低微愈哀惨，我的心搏跳得更加厉害。郁森的浓荫里，露透着几丝月光，照映着真觉冷森惨淡！我停止在一棵树下，那细微的声音几乎要听不见。后来我振作起勇气，又向前走了几步，那声音似乎就在这棵树上。"

他说到这里，面色变得更苍白，声浪也有点颤抖，我把椅子向床移了一下，紧握着他的手说："辛！那是什么声音？"

"你猜那唤我的是谁？波微！你一定想不到，那树上发出可怜的声音叫我的，就是你！不知谁把你缚在树上，当我听出是你的声音时，我像个猛兽一般扑过去，由树上把你解下来，你睁着满含泪的眼望着我，我不知为什么忽然觉得难过，我的泪不自禁地滴在你腮上了！

"这时候，我看见你惨白的脸被月儿照着像个雕刻的石像，你伏在我怀里，低低地问我：'辛！我们到那里去呢？'

"我莫有说什么，扶着你回到系船的那棵树下，不知怎样，刹那间我们泛着这叶似的船儿，漂游在这万顷茫然的碧波之上，月光照得如白昼。你站在船头仰望着那广漠的天宇，夜风吹送着你的散发，飘到我脸上时我替你轻轻一掠。后来我让你坐在船板上，这只无人把舵的船儿，驾凌着像箭一样在水面上漂过，渐渐看不见那一片柳林，看不见四周的缘岸。过远的似乎有一个塔，走近时原来不是灯塔，那个翠碧如琉璃的宝塔，月光照着发出璀璨的火光，你那时惊呼着指那塔说：'辛！你看什么！那是什么？'

"在这时候，我还莫有答应你；忽然狂风卷来，水面上涌来如山立的波涛，浪花涌进船来，一翻身我们已到了船底，波涛卷着我们浮沉在那琉璃宝塔旁去了！

"我醒来时心还跳着，月光正射在我身上，弟弟在他床上似乎正在梦呓。我觉着冷，遂把椅子上一条绒毡加在身上。我想着这个梦，我不能睡了。"

我不能写出我听完这个梦以后的感想，我只觉心头似乎被千斤重闸压着。停了一会我忽然伏在他床上哭了！天辛大概也知道不能劝慰我，他叹了口气重新倒在床上。

度日

萧红

天色连日阴沉下去，一点光也没有，完全灰色，灰得怎样程度呢？那和墨汁混到水盆中一样。

火炉台擦得很亮了，碗、筷子、小刀摆在格子上。清早起第一件事点起火炉来，而后擦地板，铺床。

炉铁板烧得很热时，我便站到火炉旁烧饭，刀子、匙子弄得很响。炉火在炉腔里起着小的爆炸，饭锅腾着气，葱花炸到油里，发出很香的烹调的气味。我细看葱花在油边滚着，渐渐变黄起来。……小洋刀好像剥着梨皮一样，把地豆刮得很白，很好看，去了皮的地豆呈乳黄色，柔和而有弹力。炉台上铺好一张纸，把地豆再切成薄片。饭已熟，地豆煎好。打开小窗望了望，院心几条小狗在戏耍。

家庭教师还没有下课，菜和米香引我回到炉前再吃两口，用匙子调一下饭，再调一下菜，很忙的样子像在偷吃。在地板上走了又走，一个钟头的课程还不到吗？于是再打开锅盖吞下几口。再从小窗望一望。我快要吃饱的时候，他才回来。习惯上知道一定是他，他都是在院心大声弄着嗓子响。我藏在门后等他，有时候我不等他寻到，就做着怪声跳出来。

　　早饭吃完以后，就是洗碗，刷锅，擦炉台，摆好木格子。假如有表，怕是十一点还多了！

　　再过三四个钟头，又是烧晚饭。他出去找职业，我在家里烧饭，我在家里等他。火炉台，我开始围着它转走起来。每天吃饭，睡觉，愁柴，愁米……

　　这一切给我一个印象：这不是孩子时候了，是在过日子，开始过日子。

夜行

王统照

夜间，正是萧森荒冷的深秋之夜，群行于野，没有灯；没有人家小窗中的明光；没有河面上的渔火；甚至连黑沉沉的云幕中也闪不出一道两道的电光。

黑暗如一片软绒展铺在脚下面，踏去是那么茸茸然空若无物，及至抚摸时也是一把的空虚。不但没有柔软的触感，连膨胀在手掌中的微力也试不到。

黑暗如同一只在峭峰上蹲踞的大鹰的翅子，用力往下垂压。遮盖住小草的舞姿，石头的眼睛，悬在空间，伸张着它的怒劲。在翅子上面，藏在昏冥中的钢嘴预备着吞蚀生物；翅子下，有两只利爪等待获拿。那盖住一切的大翅，仿佛正在从容中煽动这黑暗的来临。

黑暗如同一只感染了鼠疫的老鼠，静静地，大方地，躺在霉湿的土地上。周身一点点的力量没了。它的精灵，它的乖巧，它的狡猾，都完全葬在毒疫的细菌中间。和厚得那么毫无气息，皮毛是滑得连一滴露水也沾濡不上，它安心专候死亡的支配。它在平安中散布这黑暗的告白。

群行于野，这夜中的大野那么宽广——永远行不到边际；那么平坦——永远踏不到一块荦确的石块；那么干净——永远找不到一个蒺藜与棘刺刺破足趾。

行吧！在这大野中，在这黑暗得如一片软绒，一只大鹰的翅子，一个待死的老鼠的夜间。

行吧！在这片空间中，连他们的童年中常是追逐着脚步的身影也消失了，没有明光哪里会有身影呢。

行吧！需要什么？——什么也不需要；希望什么？——什么也不希望。昏沉中，灵魂涂上了同一样的颜色，眼光毫无用处，可也用不到担心——于是心也落到无光的血液中了。

也还在慢行中等待天明时的东方晨星吗？谁能回答。不知联合起来的记忆是否曾被踏在黑暗的软绒之下？

夜的奇迹

庐隐

宇宙僵卧在夜的暗影之下，我悄悄地逃到这黑黑的林丛，——群星无言，孤月沉默，只有山隙中的流泉潺潺溅溅的悲鸣，仿佛孤独的夜莺在哀泣。

山巅古寺危立在白云间，刺心的钟磬，断续地穿过寒林。我如受弹伤的猛虎，奋力地跃起，由山麓蹿到山巅，我追寻完整的生命，我追寻自由的灵魂。但是夜的暗影，如厚幔般围裹住，一切都显示着不可挽救的悲哀。吁！我何爱惜这被苦难剥蚀将尽的尸骸，我发狂似的奔回林丛，脱去身上血迹斑斓的征衣，我向群星忏悔，我向悲涛哭诉！

这时流云停止了前进，群星忘记了闪烁，山泉也住了呜咽，一切一切都沉入死寂！

我绕过丛林，不期来到碧海之滨，呵！神秘的宇宙，在这里我发现了夜的奇迹！

黑黑的夜幔轻轻地拉开，群星吐着清幽的亮光，孤月也踯躅于云间，白色的海浪吻着翡翠的岛屿，五彩缤纷的花丛中隐约见美丽的仙女在歌舞，她们显示着生命的活跃与神妙！

我惊奇，我迷惘，夜的暗影下，何来如此的奇迹！

我怔立海滨，注视那岛屿上的美景，忽然从海里涌起一股凶浪，将岛屿全个淹没，一切一切又都沉入死寂！

我依然回到黝黑的林丛，——群星无言，孤月沉默，只有山隙中的流泉潺潺溅溅地悲鸣，仿佛孤独的夜莺在哀泣。

吁！宇宙布满了罗网，任我百般挣扎，努力地追寻，而完整的生命只如昙花一现，最后依然消逝于恶浪，埋葬于尘海之心，自由的灵魂，永远是夜的奇迹！——在色相的人间，只有污秽与残酷，吁！我何爱惜这被苦难剥蚀将尽的尸骸——总有一天，我将焚毁于自己忧怒的灵焰，抛这不值一钱的脓血之躯，因此而释放我可怜的灵魂！

这时我将摘下北斗，抛向阴霾满布的尘海。

我将永远歌颂这夜的奇迹！

零余者

郁达夫

Arm am Beutel, Krank am Herzen,

Schleppt' ich meine langen Tage.

Armut ist die grösste plage,

Reichtum ist das höchste Gut.

不晓在什么时候什么地方看见过这几句诗，轻轻地在口头念着，我两脚合了微吟的拍子，又慢慢地在一条城外的大道上走了。

袋里无钱，心头多恨。

这样无聊的日子，教我挨到何时始尽。

啊啊，贫苦是最大的灾星，

富裕是最大的幸运。

诗的意思，大约不外乎此，实际上人生的一切，我想也尽于此了。"不过令人愁闷的贫苦，何以与我这样的有缘？使人生快乐的富裕，何以总与我绝对的不来接近？"我眼睛呆呆地注视着前面空处，两脚一步一步踏上前去，一面口中虽在微吟，一面于无意中又在做这些牢骚的想头。

是日斜的午后，残冬的日影，大约不久也将收敛光辉了；城外一带的空气，仿佛要凝结拢来的样子。视野中散在那里的灰色的城墙，冰冻的河道，沙土的空地荒田，和几丛枯曲的疏树，都披了淡薄的斜阳，在那里伴人的孤独。一直前面大约在半里多路前的几个行人，因为他们和我中间距离太远了，在我脑里竟不发生什么影响。我觉得他们的几个肉体，和散在道旁的几家泥屋及左面远立着的教会堂，都是一类的东西；散漫零乱，中间没有半点联络，也没有半点生气，当然也没有一些儿的情感了。

"唉嘿，我也不知在这里干什么？"

微吟倦了，我不知不觉便轻轻地长叹了一声，慢慢地走去，脑里的思想，只往昏暗的方面进行；我的头愈俯愈下了。

　　——实在我的衰退之期，来得太早了。……像这样一个人在郊外独步的时候，若我的身子忽能同一堆春雪遇着热汤似的消化得干干净净，岂不很好吗？……回想起来，又觉得我过去二十余年的生涯是很长的样子，……我什么事情没有做过？……儿子也生了，女人也有了，书也念了，考也考过好几次了，哭也哭过，笑也笑过，嫖赌吃着，心里发怒，受人欺辱，种种事情，种种行为，我都经验过了，我还有什么事情没有做过？……等一等，让我再想一想看，究竟有没有什么我没有经验过的事情了，……自家死还没有死过，啊，还有还有，我高声骂人的事情还不曾有过，譬如气得不得了的时候，放大了喉咙，把敌人大骂一场的事情。就是复仇复了的时候的快感，我还没有感得过。……啊啊！还有还有，监牢还不曾坐过，……唉，但是假使这些事情，都被我经验过了，也有什么？结果还不是一个空吗？……嘿嘿，嗯嗯。——到了这里，我的思想的连续又断了。

　　袋里无钱，心头多恨，

　　这样无聊的日子，教我挨到何时始尽。

啊啊！贫苦是最大的灾星，

富裕是最大的幸运。

　　微微地重新念着前诗，我抬起头来一看，觉得太阳好
像往西边又落了一段，倒在右首路上的影子，更长起来
了。从后面来的几乘人力车，也慢慢地赶过了我。一边
让他们的路，一边我听取了坐车的人和车夫在那里谈话的
几句断片。他们的话题，好像是关于女人的事情。啊啊，
可羡的你们这几个虚无主义者，你们大约是上前边黄土坑
去买快乐去的吧，我见了你们，倒恨起我自家没有以前的
生趣来了。

　　一边想一边往西北地走去，不知不觉已走到了京绥铁
路的路线上。从此偏东北地再进几步，经过了白房子的
地狱，便可顺了通万牲园的大道进西直门去的。苍凉的
暮色，从我的灰黄的周围逼近拢来，那倾斜的赤日，也一
步一步地低垂下去了。大好的夕阳，留不多时，我自家
以为在冥想里沉没得不久，而四边的急景，却告诉我黄昏
将至了。在这荒野里的物体的影子，渐渐地散漫了起来。
不知从何处吹来的微风，也有些急促的样子，带着一种
惨伤的寒意。后面踱踱踱踱地又来了一乘空的运货马车，

一个披着光面皮里子的车夫，默默地斜坐在前头车板上吃烟，我忽而感觉得天寒岁暮，好像一个人漂泊在俄国的乡下。马车去远了，白房子的门外，有几乘黑旧的人力车停在那里。车夫大约坐在踏脚板上休息，所以看不出他们的影子来。我避过了白房子的地狱，从一块高塅上的地里，打算走上通西直门的大道上去。从这高处向四边一望，见了凋丧零乱排列灰色幕上的野景，更使我感得了一种日暮的悲哀。

——唉唉，人生实在不知究竟是什么一回事？歌歌哭哭，死死生生，……世界社会，兄弟朋友，妻子父母，还有恋爱，啊吓，恋爱，恋爱，恋爱，……还有金钱，……啊啊……

Armut ist die grösste plage,

Reichtum ist das höchste Gut.

好诗好诗！

The curfew tolls the knell of parting day,

The lowing herd winds slowly o'er the lea,

The ploughman homeward plods his weary way

And leaves the world to darkness and to me.

好诗好诗!

And leaves the world to darkness and to me.

　　我的错杂的思想，又这样地弥散开来了。天空高处，寒风呜呜地响了几下。我俯倒了头，尽往东北地走去，天就快黑了。

　　远远的城外河边，有几点灯火，看得出来；大约紫蓝的天空里，也有几点疏星放起光来了吧？大道上断续的有几乘空马车来往，车轮的踱踱踱踱的声音，好像是空虚的人生的反响，在灰暗寂寞的空气中散了。我遵了大道，以几点灯火作了目标，将走近西直门的时候，模糊隐约的我的脑里，忽而起了一个霹雳。到这时候止，常在脑里起伏的那些毫无系统的思想，都集中在一个中心点上，成了一个霹雳，显现了出来。

　　"我是一个真正的零余者！"

　　这就是霹雳的核心，另外的许多思想，不过是那些附属在这霹雳上的枝节而已。这样的忽而发现了思想的中心点，以后我就用了科学的方法推想了下去：

——我的确是一个零余者，所以对于社会人世是完全没有用的。a superfluous man！ a useless man！ superfluous！ superfluous……证据呢？这是很容易证明的……

这时候，我的两只脚已经在西直门内的大街上运转。四边来往的人类，究竟比城外混杂得多。天也已经昏黑，道旁的几家破店和小摊，都点上灯了。

——第一……我且从远处说起吧……第一，我对于世界是完全没有用的。……我这样生在这里，世界和世界上的人类，也不能受一点益处；反之，我死了，世界社会，也没有一些儿损害，这是千真万确的。……第二，且说中国吧! 对于这样混乱的中国，我竟不能制造一个炸弹，杀死一个坏人。中国生我养我，有什么用处呢? ……再缩小一点，嗳，再缩小一点，第三，第三且说家庭吧! 啊，对于我的家庭，我却是个少不得的人了。在外国念书的时候，已故的祖母听见说我有病，就要哭得两眼红肿。就是半男性的母亲，当我有一次醉死在朋友家里的时候，也急得大哭起来。此外我的女人，我的小孩，当然是少我不得的! 哈哈，还好还好，我还是个有用之人。

——想到了这里，我的思想上又起了一个冲突。前刻发现的那个思想上的霹雳，几乎可以取消的样子，但迟疑了一会，我终究解决不了这个问题的矛盾性。抬起头来一看，我才知道我的身体已被我搬在一条比较热闹的长街上行动。街路两旁的灯火很多，来往的车辆也不少，人声也很嘈杂，已经是真正的黄昏时候了。

——像这样的时候，若我的女人在北京，大约我总不会到市上来飘荡的吧！在灯火底下，抱了自家的儿子，一边吻吻他的小嘴，一边和来往厨下忙碌的她问答几句，踱来踱去，踱去踱来，多少快乐啊！啊啊，我对于我的女人，还是一个有用之人哩！不错不错，前一个疑问还没有解决，我究竟还是一个有用之人吗？

——这时候，我意识里的一切周围的印象，又消失了。我还是伏倒了头，慢慢地在解决我的疑问：

——家庭，家庭，……第三，家庭，……让我看，哦，啊，我对于家庭还是一个完全无用之人！……丝毫没有功利主义的存心，完全沉溺于盲目之爱的我的祖母，已经死了。母亲呢？……啊啊，我读书学术，到了现在，还不能做出一点轰轰烈烈的事业来，就是这几个钱……

——我那时候两只手却插在大氅的袋内，想到了这里，两只手自然而然地向袋里散放着的几张钞票捏了一捏。

——啊啊，就是这几块钱，还是昨天从母亲那里寄出来的，我对于母亲有什么用处呢？我对于家庭有什么用处呢？我的女人，我不去娶她，总有人会娶她的；我的小孩，我不去生他，也有人会生他的，我完全是一个无用之人吓，我依旧是一个无用之人吓！

——急转直下地想到了这里，我的胸前忽觉得有一块铁板压着似的难过得很。我想放大了喉咙，啊的大叫它一声，但是把嘴张了好几次，喉头终放不出音来。没有方法，我只能放大了脚步，向前同跑也似的急进了几步。这样的不知走了几分钟，我看见一乘人力车跑上前来兜我的买卖。我不问皂白，跨上了车就坐定了。车夫问我上什么地方去，我用手向前指指，喉咙只是和被热铁封锁住的一样，一句话也讲不出来。人力车向前面跑去，我只见许多灯火人类，和许多不能类列的物体，在我的两旁旋转。

"前进，前进！像这样的前进吧！不要休止，不要停下来！"

我心里一边在这样的希望，一边却在恨车夫跑得太慢。

归途偶感

丰子恺

在城里吃夜饭。归途中天还没有黑，看见公路旁边的空地上，有一簇人打着圈子，好像看戏法。这光景以前常见，常没有闲工夫与闲心情去察看。今天夜饭吃饱，归家无事，六月的晚凉天气使人快适，就学游闲少年，挤进人群中去看热闹。但见绳索圈子里头，地上陈列着许多碗、杯、香烟、肥皂、洋火。大约各物相距二三尺，均匀布置。有一个矮子手里拿着碗来大的许多细竹圈，好像雨伞上的套子，走来走去，监视地上的许多东西。圈子外面的人群中，有好几个人手里也拿着竹圈，正在屈着一膝，伸着一手，把竹圈投进圈子内，想套住地上陈列着的东西。我起初不懂他们的意思。参观了一会，方才知道这是一种赌博。这赌博有两条规约：一、无论何人皆得向那矮子租用竹圈，每十个租金一角。二、用此竹圈从圈外投入圈内，若能将地上某物全部套住，此物即归投者所得。我估量地上各物的价值，碗杯瓶每个价值约七八角。刀牌香烟每包五角。肥皂每块三角。洋火每匣一角。这样算来，倘投七八十个竹圈得一碗或一杯，投五十个竹圈得一包香烟，投三十个竹圈得一块肥皂，投十个竹圈得一包洋火，投的人并不损失，不过白费工夫。但人与物的距离不过四五尺，岂有投数十次统统失败之理？照理，投的人是稳便宜的。大概群众都作如是想，所以租竹圈的人很多。我看见他们把身子尽量靠近圈子的绳索，用尽眼力和腕力，专心地投竹圈，想教它套住一件东西。但竹圈多不肯听话，滚到空地上就躺下了。或者碰到一匣香烟，在香烟旁边摆来摆去，似乎就要躺下来把香烟套住的样子；于是投的人和群众大声怂恿它，但它终于不听话，却在香烟身旁的空地上躺下了！所以那矮子很高兴。他脸上笑嘻嘻的，口里唱着一种歌，来来去去，忙着收拾失败的竹圈，收拾起来套在手臂上，再租给客人，每十个法币一角。我看了好一会，终于有人得胜了。他的竹圈正确地套住了一匣刀牌香烟，形似一个长方形孔的古钱。投的人十分得意地叫"好"，旁观者九分得意（借用鲁迅先生的文句）地叫"好"。于是矮子就收了竹圈，把香烟送给投的人，同时口中叫道："五毛钱的香烟！只收你一毛七！"群众的目光集中在这幸福者身上。知道他共出两毛钱租二十个竹圈，果然手里还剩三个。旁人都代他庆幸。于是投的人慷慨地再摸出两毛钱来租二十个竹圈，豪爽地说："即使不成功，四毛钱一包刀牌香烟，也便宜了一毛钱！"就更努力地奋斗了，这成功的影响很大。好比赏一劝百似的，使得其他投者愈加起劲；旁观者也摸出钱来买竹圈。不久我旁边的人果然又投中了一块肥皂。所花的也不到两角钱。这人空丢了余剩的五个竹圈，起身就走。我也不再旁观，挤出人群，取道回家。恰好和得肥皂的人同路。我对他说："你很幸运！"他回答道："昨天投了六十个竹圈，一点也没到手。今天，那个瘌痢已经投了一块钱，洋火也不得一包！"说过，他就钻进路旁一间草屋里去。

我在归途中想：这矮子的玩意和保火险同一算盘。开保险公司的估计该地方有几家保火险，一年可收入多少保险费；又调查该地方平均一年中有几处火灾，须付出多少保险费。收入的超过付出的，他才开张。表面上似乎两利，其实总是保险公司赚钱。现在这个矮子，想必仔细试验过投竹圈的性状。在统计上一定不中的多，偶中的少；在平均上各物的代价一定比市上的买价贵，所以敢摆这个阵图，而永久继续他的营业。矮子口里唱着："五分钱一包刀牌香烟！三分钱一只金花大碗！"据说确有过五次投中香烟，三次投中大碗的事实，但是极少。多数是以高价换得物件，或者竟白白地费钱的。群众大家明知这内幕，然而来者不绝，弄得矮子生意兴隆，仿佛大家情愿合力供养这矮子似的。这是人类社会上一种奇怪的现象。造成这怪现象的原因在哪里呢？我想，无疑地，是群众"自私自利，不能团结"之故。明知成功者极少而失败者极多，但每个人都想自己侥幸而为极少的成功者之一，不管别人的失败。他们决不会召开一个大会，调查各人的得失，统计团体的利害。那矮子就利用群众这个弱点，摆出这阵图来骗大家的钱！而且使得被骗者心服情愿，源源而来，合力地供养这个矮子。"自私自利，不能团结"，会演出这种怪现象来！岂不可怕？

归路横星斗

张恨水

　　"悄立市桥人不识，一星如月看多时。"黄仲则在北京度他那可怜的除夕，他用着这个姿态出现。在那寒风凛冽的桥上看星星过年，这不是个乐子。可是在初秋的夜里，我依然感到在北平看星星，还是件很有诗意的事。任何一个初秋，在前门外大街，听过了两三小时的京戏，满街灯火了，朋友约着，就在大栅栏附近，吃个小馆儿。馅饼周的馅饼，全聚德的烤鸭，山西馆的猫耳朵（面食之一），正阳楼的螃蟹，厚德福的核桃腰、瓦片鱼，恩成居的炒牛肉丝、炒鳝鱼丝，都会打动你的食欲。两三个人，花两三元钱，上西升平洗个单独房间的澡。我就爱顺便走向琉璃厂，买两本书或者采办点文具。

　　琉璃厂依然保持了纯东方色彩的建筑，不怎么高大的店房，夹着一条平整的路。街灯稀稀落落，照着街上有点光。可是抬起头来，满天的星斗，盖住了市面，电灯并不碍星光的夜景，两面的南纸店、书店、墨盒店、古董店一律上了玻璃门，里面透出灯光来，表示他们还在作夜市。街上从容地走着人，没有前门外那些嘈杂的声浪，静悄悄的，平稳稳的，一阵不大的西风刮过，由店铺人家院子里吹来几片半焦枯的槐叶。这夜市不可爱吗？有个朋友说：在北平，单指琉璃厂，就是个搜刮不尽的艺术宝库。此话诚然。而妙在这艺术的宝库就是这样肃穆的。这里尽管做买卖，尽管做极大价钱的买卖，而你找不出市侩斗争的面目，所以我爱上琉璃厂买东西。掀开南纸店玻璃门外的蓝布帘儿，在伙友"您来了，今天要点儿什么？"的欢迎笑语中，买点儿纸笔出门，夜色就深了。"酱牛肉！"一种苍老的声音吆唤传来。这是琉璃厂夜市唯一的老小贩的声音。他几十岁了，原是一位"绿林老英雄"，洗手不干三四十年，专卖酱牛肉，全琉璃厂的人认得他。我每次夜过琉璃厂，我总听见这吆唤声，给我的印象最深。在他的吆唤声中，更夫们过来了，剥剥，嘭嘭；剥剥，嘭嘭！梆锣响着二更。一只灯笼，两个人影，由街檐下溜进小胡同去，由此向西，到了和平门大街了，路更宽，路灯也更稀落，而满天的星斗，却更明亮。路旁两三棵老柳树，树叶筛着西风，瑟瑟有声。"酱牛肉！"那苍老的声音，还自遥遥而来。我不坐车，我常是在星光下转着土面的冷静胡同走回家去。星光下两棵高入云霄的老槐，黑巍巍的影子，它告诉我那是家。我念此老人，我念此槐树，我念那满天星斗！

第三章

我有一壶酒，可以慰风尘

在酒楼上

鲁迅

我从北地向东南旅行，绕道访了我的家乡，就到 S 城。这城离我的故乡不过三十里，坐了小船，小半天可到，我曾在这里的学校里当过一年的教员。深冬雪后，风景凄清，懒散和怀旧的心绪联结起来，我竟暂寓在 S 城的洛思旅馆里了；这旅馆是先前所没有的。城圈本不大，寻访了几个以为可以会见的旧同事，一个也不在，早不知散到那里去了；经过学校的门口，也改换了名称和模样，于我很生疏。不到两个时辰，我的意兴早已索然，颇悔此来为多事了。

我所住的旅馆是租房不卖饭的，饭菜必须另外叫来，但又无味，入口如嚼泥土。窗外只有渍痕斑驳的墙壁，帖着枯死的莓苔；上面是铅色的天，白皑皑的绝无精采，而且微雪又飞舞起来了。我午餐本没有饱，又没有可以消遣的事情，便很自然的想到先前有一家很熟识的小酒楼，叫一石居的，算来离旅馆并不远。我于是立即锁了房门，出街向那酒楼去。其实也无非想姑且逃避客中的无聊，并不专为买醉。一石居是在的，狭小阴湿的店面和破旧的招牌都依旧；但从掌柜以至堂倌却已没有一个熟人，我在这一石居中也完全成了生客。然而我终于跨上那走熟的屋角的扶梯去了，由此径到小楼上。上面也依然是五张小板桌；独有原是木棂的后窗却换嵌了玻璃。

"一斤绍酒。——菜？十个油豆腐，辣酱要多！"

我一面说给跟我上来的堂倌听，一面向后窗走，就在靠窗的一张桌旁坐下了。楼上"空空如也"，任我拣得最好的坐位：可以眺望楼下的废园。这园大概是不属于酒家的，我先前也曾眺望过许多回，有时也在雪天里。但现在从惯于北方的眼睛看来，却很值得惊异了：几株老梅竟斗雪开着满树的繁花，仿佛毫不以深冬为意；倒塌的亭子边还有一株山茶树，从暗绿的密叶里显出十几朵红花来，赫赫的在雪中明得如火，愤怒而且傲慢，如蔑视游人的甘心于远行。我这时又忽地想到这里积雪的滋润，著物不去，晶莹有光，不比朔雪的粉一般干，大风一吹，便飞得满空如烟雾。……

"客人，酒。……"

堂倌懒懒的说着，放下杯，筷，酒壶和碗碟，酒到了。我转脸向了板桌，排好器具，斟出酒来。觉得北方固不是我的旧乡，但南来又只能算一个客子，无论那边的干雪怎样纷飞，这里的柔雪又怎样的依恋，于我都没有什么关系了。我略带些哀愁，然而很舒服的呷一口酒。酒味很纯正；油豆腐也煮得十分好；可惜辣酱太淡薄，本来S城人是不懂得吃辣的。

大概是因为正在下午的缘故罢，这虽说是酒楼，却毫无酒楼气，我已经喝下三杯酒去了，而我以外还是四张空板桌。我看着废园，渐渐的感到孤独，但又不愿有别的酒客上来。偶然听得楼梯上脚步响，便不由的有些懊恼，待到看见是堂倌，才又安心了，这样的又喝了两杯酒。

我想，这回定是酒客了，因为听得那脚步声比堂倌的要缓得多。约略料他走完了楼梯的时候，我便害怕似的抬头去看这无干的同伴，同时也就吃惊的站起来。我竟不料在这里意外的遇见朋友了，——假如他现在还许我称他为朋友。那上来的分明是我的旧同窗，也是做教员时代的旧同事，面貌虽然颇有些改变，但一见也就认识，独有行动却变得格外迂缓，很不像当年敏捷精悍的吕纬甫了。

"阿，——纬甫，是你么？我万想不到会在这里遇见你。"

"阿阿，是你？我也万想不到……"

我就邀他同坐，但他似乎略略踌蹰之后，方才坐下来。我起先很以为奇，接着便有些悲伤，而且不快了。细看他相貌，也还是乱蓬蓬的须发；苍白的长方脸，然而衰瘦了。精神很沉静，或者却是颓唐；又浓又黑的眉毛底下的眼睛也失了精采，但当他缓缓的四顾的时候，却对废园忽地闪出我在学校时代常常看见的射人的光来。

"我们，"我高兴的，然而颇不自然的说，"我们这一别，怕有十年了罢。我早知道你在济南，可是实在懒得太难，终于没有写一封信。……"

"彼此都一样。可是现在我在太原了，已经两年多，和我的母亲。我回来接她的时候，知道你早搬走了，搬得很干净。"

"你在太原做什么呢？"我问。

"教书，在一个同乡的家里。"

"这以前呢？"

"这以前么？"他从衣袋里掏出一支烟卷来，点了火衔在嘴里，看着喷出的烟雾，沉思似的说，"无非做了些无聊的事情，等于什么也没有做。"

他也问我别后的景况；我一面告诉他一个大概，一面叫堂倌先取杯筷来，使他先喝着我的酒，然后再去添二斤。其间还点菜，我们先前原是毫不客气的，但此刻却推让起来了，终于说不清那一样是谁点的，就从堂倌的口头报告上指定了四样菜：茴香豆，冻肉，油豆腐，青鱼干。

"我一回来，就想到我可笑。"他一手擎着烟卷，一只手扶着酒杯，似笑非笑的向我说。"我在少年时，看见蜂子或蝇子停在一个地方，给什么来一吓，即刻飞去了，但是飞了一个小圈子，便又回来停在原地点，便以为这实在很可笑，也可怜。可不料现在我自己也飞回来了，不过绕了一点小圈子。又不料你也回来了。你不能飞得更远些么？"

"这难说，大约也不外乎绕点小圈子罢。"我也似笑非笑的说。"但是你为什么飞回来的呢？"

"也还是为了无聊的事。"他一口喝干了一杯酒，吸几口烟，眼睛略为张大了。"无聊的。——但是我们就谈谈罢。"

堂倌搬上新添的酒菜来，排满了一桌，楼上又添了烟气和油豆腐的热气，仿佛热闹起来了；楼外的雪也越加纷纷的下。

"你也许本来知道，"他接着说，"我曾经有一个小兄弟，是三岁上死掉的，就葬在这乡下。我连他的模样都记不清楚了，但听母亲说，是一个很可爱念的孩子，和我也很相投，至今她提起来还似乎要下泪。今年春天，一个堂兄就来了一封信，说他的坟边已经渐渐的浸了水，不久怕要陷入河里去了，须得赶紧去设法。母亲一知道就很着急，几乎几夜睡不着，——她又自己能看信的。然而我能有什么法子呢？没有钱，没有工夫：当时什么法也没有。

"一直挨到现在，趁着年假的闲空，我才得回南给他来迁葬。"他又喝干一杯酒，看着窗外，说，"这在那边那里能如此呢？积雪里会有花，雪地下会不冻。就在前天，我在城里买了一口小棺材，——因为我豫料那地下的应该早已朽烂了，——带着棉絮和被褥，雇了四个土工，下乡迁葬去。我当时忽而很高兴，愿意掘一回坟，愿意一见我那曾经和我很亲睦的小兄弟的骨殖：这些事我生平都没有经历过。到得坟地，果然，河水只是咬进来，离坟已不到二尺远。可怜的坟，两年没有培土，也平下去了。我站在雪中，决然的指着他对土工说，'掘开来！'我实在是一个庸人，我这时觉得我的声音有些希奇，这命令也是一个在我一生中最为伟大的命令。但土工们却毫不骇怪，就动手掘下去了。待到掘着圹穴，我便过去看，果然，棺木已经快要烂尽了，只剩下一堆木丝和小木片。我的心颤动着，自去拨开这些，很小心的，要看一看我的小兄弟。然而出乎意外！被褥，衣服，骨骼，什么也没有。我想，这些都消尽了，向来听说最难烂的是头发，也许还有罢。我便伏下去，在该是枕头所在的泥土里仔仔细细的看，也没有。踪影全无！"

我忽而看见他眼圈微红了，但立即知道是有了酒意。他总不很吃菜，单是把酒不停的喝，早喝了一斤多，神情和举动都活泼起来，渐近于先前所见的吕纬甫了。我叫堂倌再添二斤酒，然后回转身，也拿着酒杯，正对面默默的听着。

"其实，这本已可以不必再迁，只要平了土，卖掉棺材，就此完事了的。我去卖棺材虽然有些离奇，但只要价钱极便宜，原铺子就许要，至少总可以捞回几文酒钱来。但我不这样，我仍然铺好被褥，用棉花裹了些他先前身体所在的地方的泥土，包起来，装在新棺材里，运到我父亲埋着的坟地上，在他坟旁埋掉了。因为外面用砖墎，昨天又忙了我大半天：监工。但这样总算完结了一件事，足够去骗骗我的母亲，使她安心些。——阿阿，你这样的看我，你怪我何以和先前太不相同了么？是的，我也还记得我们同到城隍 [插图] 庙里去拔掉神像的胡子的时候，连日议论些改革中国的方法以至于打起来的时候。但我现在就是这样了，敷敷衍衍，模模胡胡。我有时自己也想到，倘若先前的朋友看见我，怕会不认我做朋友了。——然而我现在就是这样。"

他又掏出一支烟卷来，衔在嘴里，点了火。

"看你的神情，你似乎还有些期望我，——我现在自然麻木得多了，但是有些事也还看得出。这使我很感激，然而也使我很不安：怕我终于辜负了至今还对我怀着好意的老朋友。……"他忽而停住了，吸几口烟，才又慢慢的说，"正在今天，刚在我到这一石居来之前，也就做了一件无聊事，然而也是我自己愿意做的。我先前的东边的邻居叫长富，是一个船户。他有一个女儿叫阿顺，你那时到我家里来，也许见过的，但你一定没有留心，因为那时她还小。后来她也长得并不好看，不过是平常的瘦瘦的瓜子脸，黄脸皮；独有眼睛非常大，睫毛也很长，眼白又青得如夜的晴天，而且是北方的无风的晴天，这里的就没有那么明净了。她很能干，十多岁没了母亲，招呼两个小弟妹都靠她；又得服侍父亲，事事都周到；也经济，家计倒渐渐的稳当起来了。邻居几乎没有一个不夸奖她，连长富也时常说些感激的话。这一次我动身回来的时候，我的母亲又记得她了，老年人记性真长久。她说她曾经知道顺姑因为看见谁的头上戴着红的剪绒花，自己也想有一朵，弄不到，哭了，哭了小半夜，就挨了她父亲的一顿打，后来眼眶还红肿了两三天。这种剪绒花是外省的东西，S城里尚且买不出，她那里想得到手呢？趁我这一次回南的便，便叫我买两朵去送她。

　　"我对于这差使倒并不以为烦厌，反而很喜欢；为阿顺，我实在还有些愿意出力的意思的。前年，我回来接我母亲的时候，有一天，长富正在家，不知怎的我和他闲谈起来了。他便要请我吃点心，荞麦粉，并且告诉我所加的是白糖。你想，家里能有白糖的船户，可见决不是一个穷船户了，所以他也吃得很阔绰。我被劝不过，答应了，但要求只要用小碗。他也很识世故，便嘱咐阿顺说，'他们文人，是不会吃东西的。你就用小碗，多加糖！'然而等到调好端来的时候，仍然使我吃一吓，是一大碗，足够我吃一天。但是和长富吃的一碗比起来，我的也确乎算小碗。我生平没有吃过荞麦粉，这回一尝，实在不可口，却是非常甜。我漫然的吃了几口，就想不吃了，然而无意中，忽然间看见阿顺远远的站在屋角里，就使我立刻消失了放下碗筷的勇气。我看她的神情，是害怕而且希望，大约怕自己调得不好，愿我们吃得有味。我知道如果剩下大半碗来，一定要使她很失望，而且很抱歉。我于是同时决心，放开喉咙灌下去了，几乎吃得和长富一样快。我由此才知道硬吃的苦痛，我只记得还做孩子时候的吃尽一碗拌着驱除蛔虫药粉的沙糖才有这样难。然而我毫不抱怨，因为她过来收拾空碗时候的忍着的得意的笑容，已尽够赔偿我的苦痛而有余了。所以我这一夜虽然饱胀得睡不稳，又做了一大串恶梦，也还是祝赞她一生幸福，愿世界为她变好。然而这些意思也不过是我的那些旧日的梦的痕迹，即刻就自笑，接着也就忘却了。

"我先前并不知道她曾经为了一朵剪绒花挨打，但因为母亲一说起，便也记得了荞麦粉的事，意外的勤快起来了。我先在太原城里搜求了一遍，都没有；一直到济南……"

窗外沙沙的一阵声响，许多积雪从被他压弯了的一枝山茶树上滑下去了，树枝笔挺的伸直，更显出乌油油的肥叶和血红的花来。天空的铅色来得更浓；小鸟雀啾唧的叫着，大概黄昏将近，地面又全罩了雪，寻不出什么食粮，都赶早回巢来休息了。

"一直到了济南，"他向窗外看了一回，转身喝干一杯酒，又吸几口烟，接着说。"我才买到剪绒花。我也不知道使她挨打的是不是这一种，总之是绒做的罢了。我也不知道她喜欢深色还是浅色，就买了一朵大红的，一朵粉红的，都带到这里来。

"就是今天午后，我一吃完饭，便去看长富，我为此特地耽搁了一天。他的家倒还在，只是看去很有些晦气色了，但这恐怕不过是我自己的感觉。他的儿子和第二个女儿——阿昭，都站在门口，大了。阿昭长得全不像她姊姊，简直像一个鬼，但是看见我走向她家，便飞奔的逃进屋里去。我就问那小子，知道长富不在家。'你的大姊呢？'他立刻瞪起眼睛，连声问我寻她什么事，而且恶狠狠的似乎就要扑过来，咬我。我支吾着退走了，我现在是敷敷衍衍……

"你不知道，我可是比先前更怕去访人了。因为我已经深知道自己之讨厌，连自己也讨厌，又何必明知故犯的去使人暗暗地不快呢？然而这回的差使是不能不办妥的，所以想了一想，终于回到就在斜对门的柴店里。店主的母亲，老发奶奶，倒也还在，而且也还认识我，居然将我邀进店里坐去了。我们寒暄几句之后，我就说明了回到 S 城和寻长富的缘故。不料她叹息说：

"'可惜顺姑没有福气戴这剪绒花了。'

"她于是详细的告诉我，说是'大约从去年春天以来，她就见得黄瘦，后来忽而常常下泪了，问她缘故又不说；有时还整夜的哭，哭得长富也忍不住生气，骂她年纪大了，发了疯。可是一到秋初，起先不过小伤风，终于躺倒了，从此就起不来。直到咽气的前几天，才肯对长富说，她早就像她母亲一样，不时的吐红和流夜汗。但是瞒着，怕他因此要担心。有一夜，她的伯伯长庚又来硬借钱，——这是常有的事，——她不给，长庚就冷笑着说：你不要骄气，你的男人比我还不如！她从此就发了愁，又怕羞，不好问，只好哭。长富赶紧将她的男人怎样的挣气的话说给她听，那里还来得及？况且她也不信，

反而说：好在我已经这样，什么也不要紧了。'

"她还说，'如果她的男人真比长庚不如，那就真可怕呵！比不上一个偷鸡贼，那是什么东西呢？然而他来送殓的时候，我是亲眼看见他的，衣服很干净，人也体面；还眼泪汪汪的说，自己撑了半世小船，苦熬苦省的积起钱来聘了一个女人，偏偏又死掉了。可见他实在是一个好人，长庚说的全是诳。只可惜顺姑竟会相信那样的贼骨头的诳话，白送了性命。——但这也不能去怪谁，只能怪顺姑自己没有这一份好福气。'

"那倒也罢，我的事情又完了。但是带在身边的两朵剪绒花怎么办呢？好，我就托她送了阿昭。这阿昭一见我就飞跑，大约将我当作一只狼或是什么，我实在不愿意去送她。——但是我也就送她了，对母亲只要说阿顺见了喜欢的了不得就是。这些无聊的事算什么？只要模模胡胡。模模胡胡的过了新年，仍旧教我的'子曰诗云'去。"

"你教的是'子曰诗云'么？"我觉得奇异，便问。

"自然。你还以为教的是ABCD么？我先是两个学生，一个读《诗经》，一个读《孟子》。新近又添了一个，女的，读《女儿经》。连算学也不教，不是我不教，他们不

113

要教。"

"我实在料不到你倒去教这类的书，……"

"他们的老子要他们读这些；我是别人，无乎不可的。这些无聊的事算什么？只要随随便便，……"

他满脸已经通红，似乎很有些醉，但眼光却又消沉下去了。我微微的叹息，一时没有话可说。楼梯上一阵乱响，拥上几个酒客来：当头的是矮子，拥肿的圆脸；第二个是长的，在脸上很惹眼的显出一个红鼻子；此后还有人，一叠连的走得小楼都发抖。我转眼去看吕纬甫，他也正转眼来看我，我就叫堂倌算酒账。

"你借此还可以支持生活么？"我一面准备走，一面问。

"是的。——我每月有二十元，也不大能够敷衍。"

"那么，你以后豫备怎么办呢？"

"以后？——我不知道。你看我们那时豫想的事可有一件如意？我现在什么也不知道，连明天怎样也不知道，连后一分……"

堂倌送上账来，交给我；他也不像初到时候的谦虚了，只向我看了一眼，便吸烟，听凭我付了账。

我们一同走出店门，他所住的旅馆和我的方向正相反，就在门口分别了。我独自向着自己的旅馆走，寒风和雪片扑在脸上，倒觉得很爽快。见天色已是黄昏，和屋宇和街道都织在密雪的纯白而不定的罗网里。

新年醉话

老舍

　　大新年的，要不喝醉一回，还算得了英雄好汉么？喝醉而去闷睡半日，简直是白糟蹋了那点酒。喝醉必须说醉话，其重要至少等于新年必须喝醉。

　　醉话比诗话词话官话的价值都大，特别是在新年。比如你恨某人，久想骂他猴崽子一顿。可是平日的生活，以清醒温和为贵，怎好大睁白眼地骂阵一番？到了新年，有必须喝醉的机会，不乘此时节把一年的"储蓄骂"都倾泻净尽，等待何时？于是乎骂矣。一骂，心中自然痛快，且觉得颇有英雄气概。因此，来年的事业也许更顺当，更风光；在元旦或大年初二已自诩为英雄，一岁之计在于春也。反之，酒只两盅，菜过五味，欲哭无泪，欲笑无由。只好哼哼唧唧噜哩噜苏，如老母鸡然，则癞狗见了也多咬你两声，岂能成为民族的英雄？

再说，处此文明世界，女扮男装。许多许多男子大汉在家中乾纲不振。欲恢复男权，以求平等，此其时矣。你得喝醉哟，不然哪里敢！既醉，则挑鼻子弄眼，不必提名道姓，而以散文诗冷嘲，继以热骂：头发烫得像鸡窝，能孵小鸡吗？曲线美，直线美又几个钱一斤？老子的钱是容易挣得？哼！诸如此类，无须管层次清楚与否，但求气势畅利。每当稍为停顿，则加一哼，哼出两道白气，这么一来，家中女性，必都惶恐。如不惶恐，则拉过一个——以老婆为最合适——打上几拳。即使因此而罚跪床前，但床前终少见证，而醉骂则广播四邻，其声势极不相同，威风到底是男子汉的。闹过之后，如有必要，得请她看电影；虽发似鸡窝如故，且未孵出小鸡，究竟得显出不平凡的亲密。即使完全失败，跪在床前也不见原谅，到底酒力热及四肢，不至着凉害病，多跪一会儿正自无损。这自然是附带的利益，不在话下。无论怎说，你总得给女性们一手儿瞧瞧，纵不能一战成功，也给了她们个有力的暗示——你并不是泥人哟。久而久之，只要你努力，至少也使她们明白过来：你有时候也曾闹脾气，而跪在床前殊非完全投降的意思。

至若年底搪债，醉话尤为必需。讨债的来了，见面你先喷他一口酒气，他的威风马上得低降好多，然后，他说东，你说西，他说欠债还钱，你唱《四郎探母》。虽曰无赖，但过了酒劲，日后见面，大有话说。此"尖头曼"之所以为"尖头曼"也。

醉话之功，不止于此，要在善于运用。秘诀在这里：酒喝到八成，心中还记得"莫谈国事"，把不该说的留下；可以说的，如骂友人与恫吓女性，则以酒力充分活动想象力，务使自己成为浪漫的英雄。骂到伤心之处，宜紧紧摇头，使眼泪横流，自增杀气。

当是时也，切莫题词寄信，以免留叛逆的痕迹。必欲艺术地发泄酒性，可以在窗纸上或院壁上作画。画完题"醉墨"二字，豪放之情乃万古不朽。

《矛盾月刊》新年特大号向我要文章。写小说吧，没工夫；作诗，又不大会。就寄了这么几句，虽然没有半点艺术价值，可是在实际上不无用处。如有仁人君子照方儿吃一剂，而且有效，那我要变成多么有光荣的我哟！

饮酒

梁实秋

酒实在是妙。几杯落肚之后就会觉得飘飘然、醺醺然。平素道貌岸然的人，也会绽出笑脸；一向沉默寡言的人，也会议论风生。再灌下几杯之后，所有的苦闷烦恼全都忘了，酒酣耳热，只觉得意气飞扬，不可一世，若不及时知止，可就难免玉山颓敧，剔吐纵横，甚至撒疯骂座，以及种种的酒失酒过全部地呈现出来。莎士比亚的《暴风雨》里的卡力班，那个象征原始人的怪物，初尝酒味，觉得妙不可言，以为把酒给他喝的那个人是自天而降，以为酒是甘露琼浆，不是人间所有物。美洲印第安人初与白人接触，就是被酒所倾倒，往往不惜举土地界人以交换一些酒浆。印第安人的衰灭，至少一部分是由于他们的荒腆于酒。

我们中国人饮酒，历史久远。发明酒者，一说是仪狄，又说是杜康。仪狄夏朝人，杜康周朝人，相距很远，总之是无可稽考。也许制酿的原料不同、方法不同，所以仪狄的酒未必就是杜康的酒。尚书有《酒诰》之篇，谆谆以酒为戒，一再地说"祀兹酒"（停止这样的喝酒），"无彝酒"（勿常饮酒），想见古人饮酒早已相习成风，而且到了"大乱丧德"的地步。三代以上的事多不可考，不过从汉起就有酒榷之说，以后各代因之，都是课税以裕国帑，并没有寓禁于征的意思。酒很难禁绝，美国一九二〇年起实施酒禁，雷厉风行，依然到处都有酒喝。当时笔者道出纽约，有一天友人邀我食于某中国餐馆，入门直趋后室，索五加皮，开怀畅饮。忽警察闯入，友人止予勿惊。这位警察徐徐就座，解手枪，铿然置于桌上，索五加皮独酌，不久即伏案酣睡。一九三三年酒禁废，直如一场儿戏。民之所好，非政令所能强制。在我们中国，汉萧何造律："三人以上无故群饮，罚金四两。"此律不曾彻底实行。事实上，酒楼妓馆处处笙歌，无时不飞觞醉月。文人雅士水边修禊，山上登高，一向离不开酒。名士风流，以为持螯把酒，便足了一生，甚至于酣饮无度，扬言"死便埋我"，好像大量饮酒不是什么不很体面的事，真所谓"酗于酒德"。对于酒，我有过多年的体验。第一次醉是在六岁的时候，侍先君饭于致美斋（北平煤市街路西）楼上雅座，窗外有一棵不知名的大叶树，随时簌簌作响。连喝几盅之后，微有醉意，先君禁我再喝，我一声不响站立在椅子上舀了一匙高汤，泼在他的一件两截衫上。随后我就倒在旁边的小木炕上呼呼大睡，回家之后才醒。我的父母都喜欢酒，所以我一直都有喝酒的机会。"酒有别肠，不必长大"，语见《十国春秋》，意思是说酒量的大小与身体的大小不必成正比例，壮健者未必能饮，瘦小者也许能鲸吸。我小时候就是瘦弱如一根绿豆芽。酒量是可以慢慢磨炼出来的，不过有其极限。我的酒量不大，我也没有亲见过一般人所艳称的那种所谓海量。古代传说"文王饮酒千钟，孔子百觚"，王充《论衡·语增篇》就大加驳斥，他说："文王之身如防风之君，孔子之体如长狄之人，乃能堪之。"且"文王孔子率礼之人也"，何至于醉酗乱身？就我孤陋的见闻所及，无论是"青州从事"或"平原督邮"，大抵白酒一斤或黄酒三五斤即足以令任何人头昏目眩黏牙倒齿。唯酒无量，以不及于乱为度，看各人自制力如何耳。不为酒困，便是高手。

酒不能解忧，只是令人在由兴奋到麻醉的过程中暂时忘怀一切。即刘伶所谓"无思无虑，其乐陶陶"。可是酒醒之后，所谓"忧心如酲"，那份病酒的滋味很不好受，所付代价也不算小。我在青岛居住的时候，那地方背山面海，风景如绘，在很多人心目中是最理想的卜居之所，唯一缺憾是很少文化背景，没有古迹耐人寻味，也没有适当的娱乐。看山观海，久了也会腻烦，于是呼朋聚饮，三日一小饮，五日一大宴，豁拳行令，三十斤花雕一坛，一夕而罄。七名酒徒加上一位女史，正好八仙之数，乃自命为酒中八仙。有时且结伙远征，近则济南，远则南京、北京，不自谦抑，狂言"酒压胶济一带，拳打南北二京"，高自期许，俨然豪气干云的样子。当时作践了身体，这笔账日后要算。一日，胡适之先生过青岛小憩，在宴席上看到八仙过海的盛况大吃一惊，急忙取出他太太给他的一个金戒指，上面镌有"戒"字，戴在手上，表示免战。过后不久，胡先生就写信给我说："看你们喝酒的样子，就知道青岛不宜久居，还是到北京来吧！"我就到北京去了。现在回想当年酗酒，哪里算得是勇，直是狂。

酒能削弱人的自制力，所以有人酒后狂笑不止，也有人痛哭不已，更有人口吐洋语滔滔不绝，也许会把平素不敢告人之事吐露一二，甚至把别人的阴私也当众抖露出来。最令人难堪的是强人饮酒，或单挑，或围剿，或投下井之石，千方万计要把别人灌醉，有人诉诸武力，捏着人家的鼻子灌酒！这也许是人类长久压抑下的一部分兽性之发泄，企图获取胜利的满足，比拿起石棒给人迎头一击要文明一些而已。那咄咄逼人的声嘶力竭的豁拳，在赢拳的时候，那一声拖长了的绝叫，也是表示内心的一种满足。在别处得不到满足，就让他们在聚饮的时候如愿以偿吧！只是这种闹饮，以在有隔音设备的房间里举行为宜，免得侵扰他人。

《菜根谭》所谓"花看半开，酒饮微醺"的趣味，才是最令人低回的境界。

吃酒

丰子恺

酒，应该说饮，或喝。然而我们南方人都叫吃。古诗中有"吃茶"，那么酒也不妨称吃。说起吃酒，我忘不了下述几种情境：

二十多岁时，我在日本结识了一个留学生，崇明人黄涵秋。此人爱吃酒，富有闲情逸致。我二人常常共饮。有一天风和日暖，我们乘小火车到江之岛去游玩。这岛临海的一面，有一片平地，芳草如茵，柳荫如盖，中间设着许多矮榻，榻上铺着红毡毯，和环境作成强烈的对比。我们两人踞坐一榻，就有束红带的女子来招待。"两瓶正宗，两个壶烧。"正宗是日本的黄酒，色香味都不亚于绍兴酒。壶烧是这里的名菜，日本名叫 tsuboyaki，是一种大螺蛳，名叫蝾螺（sazae），约有拳头来大，壳上生许多刺，把刺修整一下，可以摆平，像三足鼎一样。把这大螺蛳烧杀，取出肉来切碎，再放进去，加入酱油等调味品，煮熟，就用这壳作为器皿，请客人吃。这器皿像一把壶，所以名为壶烧。其味甚鲜，确是侑酒佳品。用的筷子更佳：这双筷用纸袋套好，纸袋上印着"消毒割箸"四个字，袋上又插着一个牙签，预备吃过之后用的。从纸袋中拔出筷来，但见一半已割裂，一半还连接，让客人自己去裂开来。这木头是消毒过的，而且没有人用过，所以用时心底非常快适。用后就丢弃，价廉并不可惜。我赞美这种筷，认为是世界上最进步的用品。西洋人用刀叉，太笨重，要洗过方能再用；中国人用竹筷，也是洗过再用，很不卫生，即使是象牙筷也不卫生。日本人的消毒割箸，就同牙签一样，只用一次，真乃一大发明。他们还有一种牙刷，非常简单，到处杂货店发卖，价钱很便宜，也是只用一次就丢弃的。于此可见日本人很有小聪明。且说我和老黄在江之岛吃壶烧酒，三杯入口，万虑皆消。海鸟长鸣，天风振袖。但觉心旷神怡，仿佛身在仙境。老黄爱调笑，看见年轻侍女，就和她搭讪，问年纪，问家乡，引起她身世之感，使她掉下泪来。于是临走多给小账，约定何日重来。我们又仿佛身在小说中了。

又有一种情境，也忘不了。吃酒的对手还是老黄，地点却在上海城隍庙里。这里有一家素菜馆，叫作春风松月楼，百年老店。名闻遐迩。我和老黄都在上海当教师，每逢闲暇，便相约去吃素酒。我们的吃法很经济：两斤酒，两碗"过浇面"，一碗冬菇，一碗十景。所谓过浇，就是浇头不浇在面上，而另盛在碗里，作为酒菜。等到酒吃好了，才要面底子来当饭吃。人们叫别了，常喊作"过桥面"。这里的冬菇非常肥鲜，十景也非常入味。浇头的分量不少，下酒之后，还有剩余，可以浇在面上。我们常常去吃，后来那堂倌熟悉了，看见我们进去，就叫"过桥客人来了，请坐请坐"！现在，老黄早已作古，这素菜馆也改头换面，不可复识了。

另有一种情境，则见于患难之中。那年日本侵略中国，石门湾沦陷，我们一家老幼九人逃到杭州，转桐庐，在城外河头上租屋而居。那屋主姓盛，兄弟四人。我们租住老三的屋子，隔壁就是老大，名叫宝函。他有一个孙子，名叫贞谦，约十七八岁，酷爱读书，常常来向我请教问题，因此宝函也和我要好，常常邀我到他家去坐。这老翁年约六十多岁，身体很健康，常常坐在一只小桌旁边的圆鼓凳上。我一到，他就请我坐在他对面的椅子上。

站起身来，揭开鼓凳的盖，拿出一把大酒壶来，在桌上的杯子里满满地斟了两盅；又向鼓凳里摸出一把花生米来，就和我对酌。他的鼓凳里装着棉絮，酒壶裹在棉絮里，可以保暖，斟出来的两碗黄酒，热气腾腾。酒是自家酿的，色香味都上等。我们就用花生米下酒，一面闲谈。谈的大都是关于他的孙子贞谦的事。他只有这孙子，很疼爱他。说"这小人一天到晚望书，身体不好……"望书即看书，是桐庐土白。我用空话安慰他，骗他酒吃。骗得太多，不好意思，我准备后来报谢他。但我们住在河头上不到一个月，杭州沦陷，我们匆匆离去，终于没有报谢他的酒惠。现在，这老翁不知是否在世，贞谦已入中年，情况不得而知。

最后一种情境，见于杭州西湖之畔。那时我僦居在里西湖招贤寺隔壁的小平屋里，对门就是孤山，所以朋友送我一副对联，叫作"居邻葛岭招贤寺，门对孤山放鹤亭"。家居多暇，则闲坐在湖边的石凳上，欣赏湖光山色。每见一中年男子，蹲在岸上，向湖边垂钓。他钓的不是鱼，而是虾。钓钩上装一粒饭米，挂在岸石边。一会儿拉起线来，就有很大的一只虾。其人把它关在一个瓶子里。于是再装上饭米，挂下去钓。钓得了三四只大虾，他就把瓶子藏入藤篮里，起身走了。我问他："何不再钓几只？"他笑着回答说："下酒够了。"我跟他去，见他走进岳坟旁边的一家酒店里，拣一座头坐下了。我就在他旁边的桌上坐下，叫酒保来一斤酒，一盆花生米。他也叫一斤酒，却不叫菜，取出瓶子来，用钓丝缚住了这三四只虾，拿到酒保烫酒的开水里去一浸，不久取出，虾已经变成红色了。他向酒保要一小碟酱油，就用虾下酒。我看他吃菜很省，一只虾要吃很久，由此可知此人是个酒徒。

此人常到我家门前的岸边来钓虾。我被他引起酒兴，也常跟他到岳坟去吃酒。彼此相熟了，但不问姓名。我们都独酌无伴，就相与交谈。他知道我住在这里，问我何不钓虾。我说我不爱此物。他就向我劝诱，尽力宣扬虾的滋味鲜美，营养丰富。又教我钓虾的窍门。他说："虾这东西，爱躲在湖岸石边。你倘到湖心去钓，是永远钓不着的。这东西爱吃饭粒和蚯蚓。但蚯蚓龌龊，它吃了，你就吃它，等于你吃蚯蚓。所以我总用饭粒。你看，它现在死了，还抱着饭粒呢。"他提起一只大虾来给我看，我果然看见那虾还抱着半粒饭。他继续说："这东西比鱼好得多。鱼，你钓了来，要剖，要洗，要用油盐酱醋来烧，多少麻烦。这虾就便当得多：只要到开水里一煮，就好吃了。不需花钱，而且新鲜得很。"他这钓虾论讲得头头是道，我真心赞叹。

这钓虾人常来我家门前钓虾，我也好几次跟他到岳坟吃酒，彼此熟识了，然而不曾通过姓名。有一次，夏天，我带了扇子去吃酒。他借看我的扇子，看到了我的名字，吃惊地叫道："啊，我有眼不识泰山！"于是叙述他曾经读过我的随笔和漫画，说了许多仰慕的话。我也请教他姓名，知道他姓朱，名字现已忘记，是在湖滨旅馆门口摆刻字摊的。下午收了摊，常到里西湖来钓虾吃酒。此人自得其乐，甚可赞佩。可惜不久我就离开杭州，远游他方，不再遇见这钓虾的酒徒了。

写这篇琐记时，我久病初愈，酒戒又开。回想上述情景，酒兴顿添。正是"昔年多病厌芳樽，今日芳樽唯恐浅"。

谈酒

周作人

　　这个年头儿，喝酒倒是很有意思的，我虽是京兆人，却生长在东南的海边，是出产酒的有名地方。我的舅父和姑父家里时常做几缸自用的酒，但我终于不知道酒是怎么做法，只觉得所用的大约是糯米，因为儿歌里说，"老酒糯米做，吃得变 nionio" ——末一字是本地叫猪的俗语。做酒的方法与器具似乎都很简单，只有煮的时候的手法极不容易，非有经验的工人不办，平常做酒的人家大抵聘请一个人来，俗称"酒头工"，以自己不能喝酒者为最上，叫他专管鉴定煮酒的时节。有一个远房亲戚，我们叫他"七斤公公"，——他是我舅父的族叔，但是在他家里做短工，所以舅母只叫他作"七斤老"，有时也听见她叫"老七斤"，是这样的酒头工，每年去帮人家做酒；他喜吸旱烟，说玩话，打马将，但是不大喝酒（海边的人喝一两碗是不算能喝，照市价计算也不值十文钱的酒），所以生意很好，时常跑一二百里路被招到诸暨嵊县去。据他说这实在并不难，只须走到缸边屈着身听，听见里边起泡的声音切切察察的，好像是螃蟹吐沫（儿童称为蟹煮饭）的样子，便拿来煮就得了；早一点酒还未成，迟一点就变酸了。但是怎么是恰好的时期，别人仍不能知道，只有听熟的耳朵才能够断定，正如古董家的眼睛辨别古物一样。

大人家饮酒多用酒盅，以表示其斯文，实在是不对的。正当的喝法是用一种酒碗，浅而大，底有高足，可以说是古已有之的香槟杯。平常起码总是两碗，合一"串筒"，价值似是六文一碗。串筒略如倒写的凸字，上下部如一与三之比，以洋铁为之，无盖无嘴，可倒而不可筛，据好酒家说酒以倒为正宗，筛出来的不大好吃。唯酒保好于量酒之前先"荡"（置水于器内，摇荡而洗涤之谓）串筒，荡后往往将清水之一部分留在筒内，客嫌酒淡，常起争执，故喝酒老手必先戒堂倌以勿荡串筒，并监视其量好放在温酒架上。能饮者多索竹叶青，通称曰"本色"，"元红"系状元红之略，则着色者，唯外行人喜饮之。在外省有所谓花雕者，唯本地酒店中却没有这样东西。相传昔时人家生女，则酿酒贮花雕（一种有花纹的酒坛）中，至女儿出嫁时用以飨客，但此风今已不存，嫁女时偶用花雕，也只临时买元红充数，饮者不以为珍品。有些喝酒的人预备家酿，却有极好的，每年做醇酒若干坛，按次第埋园中，二十年后掘取，即每岁皆得饮二十年陈的老酒了。此种陈酒例不发售，故无处可买，我只有一回在旧日业师家里喝过这样好酒，至今还不曾忘记。

我既是酒乡的一个土著，又这样的喜欢谈酒，好像一定是个与"三酉"结不解缘的酒徒了。其实却大不然。我的父亲是很能喝酒的，我不知道他可以喝多少，只记得他每晚用花生米水果等下酒，且喝且谈天，至少要花费两点钟，恐怕所喝的酒一定很不少了。但我却是不肖，不，或者可以说有志未逮，因为我很喜欢喝酒而不会喝，所以每逢酒宴我总是第一个醉与脸红的。自从辛酉患病后，医生叫我喝酒以代药饵，定量是勃阑地每回二十格阑姆，蒲桃酒与老酒等倍之，六年以后酒量一点没有进步，到现在只要喝下一百格阑姆的花雕，便立刻变成关夫子了。（以前大家笑谈称作"赤化"，此刻自然应当谨慎，虽然是说笑话。）有些有不醉之量的，愈饮愈是脸白的朋友，我觉得非常可以欣羡，只可惜他们愈能喝酒便愈不肯喝酒，好像是美人之不肯显示她的颜色，这实在是太不应该了。

黄酒比较的便宜一点，所以觉得时常可以买喝，其实别的酒也未尝不好。白干于我未免过凶一点，我喝了常怕口腔内要起泡，山西的汾酒与北京的莲花白虽然可喝少许，也总觉得不很和善。日本的清酒我颇喜欢，只是仿佛新酒模样，味道不很静定。蒲桃酒与橙皮酒都很可口，但我以为最好的还是勃阑地。我觉得西洋人不很能够了解茶的趣味，至于酒则很有功夫，决不下于中国。天天喝洋酒当然是一个大的漏卮，正如吸烟卷一般，但不必一定进国货党，咬定牙根要抽净丝，随便喝一点什么酒其实都是无所不可的，至少是我个人这样的想。

喝酒的趣味在什么地方？这个我恐怕有点说不明白。有人说，酒的乐趣是在醉后的陶然的境界。但我不很了解这个境界是怎样的，因为我自饮酒以来似乎不大陶然过，不知怎的我的醉大抵都只是生理的，而不是精神的陶醉。所以照我说来，酒的趣味只是在饮的时候，我想悦乐大抵在做的这一刹那，倘若说是陶然，那也当是杯在口的一刻罢。醉了，困倦了，或者应当休息一会儿，也是很安舒的，却未必能说酒的真趣是在此间。昏迷，梦魇，呓语，或是忘却现世忧患之一法门；其实这也是有限的，倒还不如把宇宙性命都投在一口美酒里的耽溺之力还要强大。我喝着酒，一面也怀着"杞天之虑"，生恐强硬的礼教反动之后将引起颓废的风气，结果是借醇酒妇人以避礼教的迫害，沙宁（Sanin）时代的出现不是不可能的。但是，或者在中国什么运动都未必彻底成功，青年的反拨力也未必怎么强盛，那么杞天终于只是杞天，仍旧能够让我们喝一口非耽溺的酒也未可知。倘若如此，那时喝酒又一定另外觉得很有意思了吧?

醉后

庐隐

——最是恼人拼酒，欲浇愁偏惹愁！回看血泪相和流。

我是世界上最怯弱的一个，我虽然硬着头皮说："我的泪泉干了，再不愿向人间流一滴半滴眼泪，因此我曾博得'英雄'的称许，在那强振作的当儿，何尝不是气概轩昂……"

北京城重到了，黄褐色的飞尘下，掩抑着琥珀墙、琉璃瓦的房屋，疲骡瘦马，拉着笨重的煤车，一步一颠地在那坑陷不平的土道上努力地走着，似曾相识的人们，坐着人力车，风驰电掣般跑过去了……一切不曾改观，可是疲惫的归燕呵，在那堆浪涌波的灵海里，都觉到十三分的凄惶呢！

车子走过顺城根，看见三四匹矮驴，摇动着它们项下琅琅的金铃，傲然向我冷笑，似笑我转战多年的败军，还鼓得起从前的兴致吗……

正是一个旖旎美妙的春天，学校里放了三天春假，我和涵、盐、琪四个人，披着残月孤星，和迷蒙的晨雾奔顺城根来，雇好矮驴，跨上驴背，轻扬竹鞭，嘚嘚声紧，西山的路上骤见热闹，这时道旁笼烟含雾的垂柳枝，从我们的头上拂过，娇鸟轻嗽歌喉，朝阳美意酣畅，驴儿们驮着这欣悦的青春主人，奔那如花如梦的前程：是何等的兴高采烈……而今怎堪回道！归来的疲燕，裹着满身漂泊的悲哀，无情的瘦驴！请你不要逼视吧！

强抑灵波，防它捣碎了灵海，及至到了旧游的故地，黯淡白墙，陈迹依稀可寻，但沧桑几经的归客，不免被这荆棘般的冻迹，刺破那不曾复元的旧伤，强将泪液咽下，努力地咽下。我曾被人称许我是"英雄"哟！

我静静在那里忏悔，我的怯弱，为什么总打不破小我的关头，我记得：我曾想象我是"英雄"的气概，手里拿着明晃晃的雌雄剑，独自站在喜马拉雅的高峰上，傲然地下视人寰。仿佛说：我是为一切的不平，而牺牲我自己的；我是为一切的罪恶，而挥舞我的双剑的呵！"英雄"，伟大的英雄，这是多么可崇拜的，又是多么可欣慰的呢！

但是怯弱的人们，是经不起撩拨的，我的英雄梦正浓酣的时候，波姊来叩我的门，同时我久闭的心门也为她开了。为什么四年不见，她便如此的憔悴和消瘦，她黯然地说："你还是你呵！"她这一句话，好像是利刃，又好像是百宝匙，她掀开我的秘密的心幕，她打开我勉强锁住的泪泉，与一切的烦恼。但是我为了要证实是英雄，到底不曾哭出来。

我们彼此矜持着，默然坐夜来了。于是我说："波，我们喝他一醉吧，何若如此扎挣：酒可以蒙盖我们的脸面！"波点头道："好早预备陪你一醉。"于是我们如同疯了一般，一杯，一杯，接连着向唇边送，好像鲸吞鲵饮，也不知道什么时候，把一小坛子的酒吃光了，可是我还举着杯"酒来！酒来！"叫个不休！波握住我拿杯子的手说："隐！你醉了，不要喝了吧！"我被她一提醒，才知道我自己的身子，已经像驾云般支持不住，伏在她的膝上。唉！我一身的筋肉松弛了，我矜持的心解放了，风寒雪虐的春申江头，涵撒手归真的印影，我更想起萱儿还不曾断奶，便离开她的乳母，扶她父亲的灵柩归去。当她抱着牛奶瓶，婉转哀啼时，我仿佛是受绞刑的荼毒，更加着吴淤江的寒潮凄风，每在我独伴灵帏时，撕碎我抖颤的心，……一向茹苦含辛地扎挣自己，然而醉后，便没有扎挣的力量了，我将我泪泉的水闸，开放了干枯的泪池，立刻波涛汹涌，我尽量地哭，哭那已经摧毁的如梦前程，哭那满尝辛苦的命运，唉！真痛恨呵，我一年以来，不曾这样哭过。

但是苦了我的波姊，她也是苦海里浮沉的战将，我们可算是一对"天涯沦落人"。她呜咽着说："隐！你不要哭了，你现在是做客，看人家忌讳！你扎挣着吧！你若果要哭，我们到空郊野外哭去，我陪你到陶然亭哭去。那里是我埋愁葬恨的地方，你也可以借他人酒杯，浇自己块垒，在那里我们可尽量地哭，把天地哭毁灭也好，只求今天你咽下这眼泪去吧！"惭愧！我不知英雄气概抛向哪里去了，恐怕要从喜马拉雅峰，直坠入冰涯愁海里去，我仍然不住地哭，那可怜双鬓如雪的姨母，也不住为她不幸的甥女，老泪频挥，她颤抖着叹息着，于是全屋里的人，都悄默地垂着泪！可怜的萱儿，她对这半疯半醉的母亲，小心儿怯怯地惊颤着，小眼儿怔怔地呆望着。

呵！无辜的稚子，母亲对不住你，在别人面前，纵然不英雄些，还没有多大羞愧，只有在萱儿面前不英雄，使她天真未凿的心灵里，了解伤心，甚至于陪着流泪，我未免太忍心，而且太罪过了。

后来萱儿投在我的怀里，轻轻地将小嘴，吻着泪痕被颊的母亲，她忽然哭了。唉！我诅咒我自己，我愤恨酒，她使我怯弱，使我任性，更使我羞对我的萱儿！我决定止住我的泪液，我领着萱儿走到屋里，只见满屋子月华如水，清光幽韵，又逗起我无限的凄楚，在月姊的清光下，我们的陈迹太多了！我们曾向她诚默地祈祷过：也曾向她悄悄地赌誓过。但如今，月姊照着这漂泊的只影，他呢——人间天上，我如饿虎般的愤怒，紧紧掩上窗纱，我搂着萱儿悄悄地躲在床上，我真不敢想象月姊怎样奚落我。

不久萱儿睡着了，我仿佛也进了梦乡，只觉得身上满披着缟素，独自站在波涛起伏的海边，四顾辽阔，没有岸际，没有船只，天上又是蒙着一层浓雾，一切阴森森的。我正在彷徨惊惧的时候，忽见海里涌起一座山来，削壁玲珑，峰崖峻崎，一个女子披着淡蓝色的轻绡，向我微笑点头唱道：

独立苍茫愁何多？

抚景伤漂泊！

139

繁华如梦，

姹紫嫣红转眼过！

何事伤漂泊！

　　我听那女子唱完了，正要向她问明来历，忽听霹雳一
声，如海倒山倾，吓了我一身冷汗，睁眼一看，波姊正拿
着醒酒汤，叫我喝，我恰一转身，不提防把那碗汤碰泼了
一地，碗也打得粉碎，我们都不禁笑了。波姊说："下回
不要喝酒吧，简直闹得满城风雨！……我早想到见了你，
必有一番把戏，但想不到闹得这样凶！还是扎挣着装英
雄吧！"

　　"波姊！放心吧！我不见你，也没有泪，今天我把整
个儿的我，在你面前赤裸裸地贡献了，以后自然要装英
雄！"波姊拍着我的肩说："天快亮了，月亮都斜了，还不
好好睡一觉，病了又是白受罪！睡吧！明天起大家努力着
装英雄吧！"

微醉之后

石评梅

几次轻掠飘浮过的思绪，都浸在晶莹的泪光中了。何尝不是冷艳的故事，凄哀的悲剧，但是，不幸我是心海中沉沦的溺者，不能有机会看见雪浪和海鸥一瞥中的痕迹。因此心波起伏间，卷埋隐没了的，岂止朋友们认为遗憾，就是自己，永远徘徊寻觅我遗失了的，何尝不感到过去飞逝的云影，宛如彗星一扫的壮丽！

允许我吧！我的命运之神！我愿意捕捉那一波一浪中汹涌浮映出过去的幻梦。虽然我不敢奢望有人能领会这断弦哀音，但是我尚有爱怜我的母亲，她自然可以为我滴几点同情之泪吧！朋友们，这是由我破碎心幕底透露出的消息。假使你们还挂念着我，这就是我遗赠你们的礼物。

丁香花开时候，我由远道归来。一个春雨后的黄昏，我去看晶清。推开门时她在碧绸的薄被里蒙着头睡觉，我心猜想她一定是病了。不忍惊醒她，悄悄站在床前，无意中拿起枕畔一本蓝皮书，翻开时从里面落下半幅素笺，上边写着：

　　波微已经走了，她去那里我是知道而且很放心，不过在这样繁华如碎锦似春之昼里，难免她不为了死的天辛而伤心，为了她自己惨淡悲凄的命运而流泪了！

　　想到她我心就怦怦地跃动，似乎纱窗外啁啾的小鸟都是在报告不幸的消息而来。我因此病了，梦中几次看见她，似乎她已由悲苦的心海中踏上那雪银的浪花，翩跹着披了一幅白雪的轻纱；后来暴风巨浪袭来，她被海波卷没了，只有那一幅白云般的轻纱飘浮在海面上，一霎时那白纱也不知流到那里去了。

　　固然人要笑我痴呆，但是她呢，确乎不如一般聪明人那样理智，从前她是个杀人不眨眼的英雄，如今被天辛的如水柔情，已变成多愁多感的人了。这几天凄风苦雨令我想到她，但音信却偏这般渺茫……

读完后心头觉着凄梗，一种感激的心情，使我终于流泪！但这又何尝不是罪恶，人生在这大海中不过小小的一个泡沫，谁也不值得可怜谁，谁也不值得骄傲谁，天辛走了，不过是时间的早迟，生命上使我多流几点泪痕而已。为什么世间偏有这许多绳子，而且是互相连系着！她已睁开半开的眼醒来，宛如晨曦照着时梦耶真耶莫辨的情形，瞪视良久，她不说一句话，我抬起头来，握住她手说："晶清，我回来了，但你为什么病着？"

她珠泪盈睫，我不忍再看她，把头转过去，望着窗外柳丝上挂着的斜阳而默想。后来我扶她起来，同到栉沐室去梳洗，我要她挣扎起来伴我去喝酒。信步走到游廊，柳丝中露出三年前月夜徘徊的葡萄架，那里有芰蘅的箫声，有云妹的倩影，明显映在心上的，是天辛由欧洲归来初次看我的情形。那时我是碧茵草地上活泼跳跃的白兔，天真娇憨的面靥上，泛映着幸福的微笑！三年之后，我依然徘徊在这里，纵然浓绿花香的图画里，使我感到的比废墟野冢还要凄悲！上帝呵！这时候我确乎认识了我自己。韵妹由课堂下来，她拉我又回到寝室，晶清已梳洗完正在窗前换衣服，她说："波微！你不是要去喝酒吗？萍适才打电话来，他给你已预备下接风宴，去吧！对酒当歌，人生几何，去吧，乘着丁香花开时候。"

风在窗外怒吼着，似乎在万骑踏过沙场，全数冲杀的雄壮；又似乎海边孤舟，随狂飙挣扎呼号的声音，一声声的哀惨。但是我一切都不管，高擎着玉杯，里边满斟着红滟滟的美酒，她正在诱惑我，像一个绯衣美女轻掠过骑士马前的心情一样的诱惑我。我愿永久这样陶醉，不要有醒的时候，把我一切烦恼都装在这小小杯里，让它随着那甘甜的玫瑰露流到我那创伤的心里。

在这盛筵上我想到和天辛的许多聚会畅饮。晶清挽着袖子，站着给我斟酒；萍呢！他确乎很聪明，常常望着晶清，暗示她不要再给我斟，但是已晚了，饭还未吃我就晕在沙发上了。

我并没有痛哭，依然晕厥过去有一点多钟之久。醒来时晶清扶着我，我不能再忍了，伏在她手腕上哭了！这时候屋里充满了悲哀，萍和琼都很难受地站在桌边望着我。这是天辛死后我第六次的昏厥，我依然和昔日一样能在梦境中醒来。

灯光辉煌下，每人的脸上都泛映着红霞，眼里莹莹转动的都是泪珠，玉杯里还有半盏残酒，桌上狼藉的杯盘，似乎告诉我这便是盛筵散后的收获。

大家望着我都不知应说什么？我微抬起眼帘，向萍说："原谅我，微醉之后。"

酒与水

王统照

"无人生而为饮水者，"因为唯酒有热力，有激动的资料，"水"，对于疲倦衰弱者更不相宜。

人生难道为喝白水而来吗？那样清，那样淡，味道醇化了，几乎使饮者麻木了触觉与味觉。

乏味而可厌的水却被神创造出来，强迫人喝下去；除此外，人间还有更大的不平事吗？

"将渴死，守着白水，明知是可以解救一时的危急，而想吃酒的热情不能自制。纵然救了渴死，而灵魂中的窒闷怎样才能消除。""酒"，它能惹起你的兴奋，冰解了你的苦闷，漠视了痛苦，增加你向前去，向上去，向未来去的快步。总之，它是味，是力，是热情，是康健的保证者！

除却神经已经硬化了的人，那个不存着这样似奇异而是人类本能的欲念？

但是癫狂呢，沉迷呢？

如果对"酒"先存了如此忧恐，不是？人生的"白水"早已预备到他的唇吻旁边？

他对着"水"显见得十分踌躇，智慧在一边念念有词，而热情却满泛着青春的血色，也在一边对他注视。

究竟在"水"与"酒"之间，将何所取？

他的手抖颤着。

迟疑与希求的冲突，他的手向左，向右，都无勇决的力量伸出来，而智慧与热情都等待着：一在嘲笑，一在愤怒。

而且渴念焚烧着他的中心。

唯淡能永，唯无色，无味，能清涤肠胃。人生的日常饮料，如智慧然，此外你将何求？

无力怎能创造，无热怎能发动，无激动亦无健康，此外，即有智慧，不过是狡猾的寻求，而非勇健的担承！

两种声音；两种表现；两种的敌视与执着，对他攻击。

他的手更抖颤起来。

　　渴念从他的心底迸发出不能等待的喊呼，冲出了他的躯壳。于是这怯懦的人终被踌躇结束了！

　　而两边嘲笑与愤怒的云翳，仍然互相争长，遮盖了他的尸身。"无人生而为饮水者！"长空中有响亮的声音。

　　"但'酒'是人生渴时的饮物吗？"另一种声音恳切地质问。

　　"能饮着智慧杯中调和的情感，那不是既可慰他的渴念，也可激动他的精神吗？"仿佛是一位公断官的判词。

　　但被渴死的他的躯壳却毫无回应。

　　愚与迟疑早把他的灵魂拖去了，那里只是一具待腐的躯壳而已！

杨梅烧酒

郁达夫

　　病了半年，足迹不曾出病房一步，新近起床，自然想上什么地方去走走。照新的说法，是去转换转换空气；照旧的说来，也好去被除被除邪孽的不祥；总之久蛰思动，大约也是人之常情，更何况这气候，这一个火热的土王用事的气候，实在在逼人不得不向海天空阔的地方去躲避一回。所以我首先想到的，是日本的温泉地带，北戴河，威海卫，青岛，牯岭等避暑的处所。但是衣衫褴褛，稀粥不全的近半年来的经济状况，又不许我有这一种模仿普罗大家的阔绰的行为。寻思的结果，终觉得还是到杭州去好些；究竟是到杭州去的路费来得省一点，此外我并且还有一位旧友在那里住着，此去也好去看他一看，在灯昏酒满的街头，也可以去和他叙一叙七八年不见的旧离情。

像这样决心以后的第二天午后，我已经在湖上的一家小饭馆里和这位多年不见的老朋友在吃应时的杨梅烧酒了。

屋外头是同在赤道直下的地点似的伏里的阳光，湖面上满泛着微温的泥水和从这些泥水里蒸发出来的略带腥臭的汽层儿。大道上车夫也很少，来往的行人更是不多。饭馆的灰尘积得很厚的许多桌子中间，也只坐有我们这两位点菜要先问一问价钱的顾客。

他——我这一位旧友——和我已经有七八年不见了。说起来实在话也很长，总之，他是我在东京大学里念书时候的一位预科的级友。毕业之后，两人东奔西走，各不往来，各不晓得各的住址，已经隔绝了七八年了。直到最近，似乎有一位不良少年，在假了我的名氏向各处募款，说："某某病倒在上海了，现在被收留在上海的一个慈善团体的 ×× 病院里。四海的仁人君子，诸大善士，无论和某某相识或不相识的，都希望惠赐若干，以救某某的死生的危急。"我这一位旧友，不知从什么地方，也听到了这一个消息，在一个月前，居然也从他的血汗的收入里割出了两块钱来，郑重其事地汇寄到了上海的 ×× 病

149

院。在这××病院内，我本来是有一位医士认识的，所以两礼拜前，他的那两元义捐和一封很简略的信终于由那一位医士转到了我的手里。接到了他这封信，并且另外更发现了有几处有我署名的未完稿件发表的事情之后，向远近四处去一打听，我才原原本本地晓得了那一位不良少年所做的在前面已经说过的把戏。而这一出实在也是滑稽得很的小悲剧，现在却终于成了我们两个旧友的再见的基因。

他穿的是肩头上有补缀的一件夏布长衫，进饭馆之后，这件长衫却被两个纽扣吊起，挂上壁上去了。所以他和我，都只剩了一件汗衫，一条短裤的野蛮形状。当然他的那件汗衫比我的来得黑，而且背脊里已经有两个小孔了，而我的一件哩，却正是在上海动身以前刚花了五毫银币新买的国货。

他的相貌，非但同七八年前没有丝毫的改变，就是同在东京初进大学预科的那一年，也还是一个样儿。嘴底下的一簇绕腮胡，还是同十几年前一样，似乎是刚剃过了三两天的样子，长得正有一二分厚，远看过去，他的下巴像一个倒挂在那里的黑漆小木鱼。说也奇怪，我和他同学了四五年，及回国之后又不见了七八年的中间，他的这一簇绕腮胡，总从没有过长得较短一点或较长一点的时节。仿佛是他娘生他下地来的时候，这胡须就那么的生在那里，以后直到他死的时候，也不会发生变化似的。他的两只似乎是哭了一阵之后的肿眼，也仍旧是同学生时代一样，只是朦胧地在看着鼻尖，淡含着一味莫名其妙的笑影。额角仍旧是那么宽，颧骨仍旧是高得很，颧骨下的脸颊部仍旧是深深地陷入，窝里总有一个小酒杯好摆的样子。他的年纪，也仍旧是同学生时代一样，看起来，从二十五岁起到五十二岁止的中间，无论哪一个年龄都可以看的。

当我从火车站下来，上离车站不远的一个暑期英算补习学校——这学校也真是倒霉，简直是像上海的专吃二房东饭的人家的两间阁楼——里去看他的时候，他正在那里上课。一间黑漆漆的矮屋里，坐着八九个十四五岁的呆笨的小孩，眼睛呆呆地在注视着黑板。他老先生背转了身，伸长了时时在起痉挛的手，尽在黑板上写数学的公式和演题，屋子里声息全无，只充满着嘀嘀嗒嗒的他的粉笔的响声。因此他那一个圆背和那件有一大块被汗湿透的夏布长衫，就很惹起了我的注意。我在楼下向房东问他的名字的时候，他在楼上一定是听见的，同时在这样静寂的授课中间，我的一步一步走上楼去的脚步声，他总也不会不听到的。当我上楼之后，他的学生全部向我注视的一层眼光，就可以证明，但是向来神经就似乎有点麻木的他，竟动也不动一动，仍在继续着写他的公式，所以我只好静静地在后一排学生的一个空位里坐落。他把公式演题在黑板上写满了，又从头至尾地看了一遍，看有没有写错，又朝黑板空咳了两三声，又把粉笔放下，将身上的粉末打了一打干净，才慢慢地旋转身来。这时候他的额上嘴上，已经盛满了一颗颗的大汗。他的红肿的两眼，大约总也已满被汗水封没了吧，他竟没有看到我而若无其事地又讲了一阵，才宣告算学课毕，教学生们走向另一间矮屋里去听讲英文。楼上起了动摇，学生们争先恐后地奔往隔壁的那间矮屋里去了，我才徐徐地立起身来，走近了他，把手伸出向他的沾湿的肩头上拍了一拍。

"噢，你是几时来的？"

终于他也表示出了一种惊异的表情，举起了他那两只朦胧的老在注视鼻尖的眼睛。左手揑住了我的手，右手他就在袋里摸出了一块黑而且湿的手帕来揩他头上的汗。

"因为教书教得太起劲了，所以你的上来，我竟没有听到。这天气可真了不得。你的病好了吗？"

他接连着说出了许多前后不接的问我的话，这是他的兴奋状态的表示，也还是学生时代的那一种样子。我略答了他一下，就问他以后有没有课了。他说：

"今天因为甲班的学生，已经毕业了，所以只剩了这一班乙班，我的数学教完，今天是没有课了。下一个钟头的英文，是由校长自己教的。"

"那么我们上湖滨去走走，你说可以不可以？"

"可以，可以，马上就去。"

于是乎我们就到了湖滨，就上了这一家大约是第四五流的小小的饭馆。

在饭馆里坐下，点好了几盘价廉可口的小菜，杨梅烧酒也喝了几口之后，我们才开始细细地谈起别后的天来。

"你近来的生活怎么样？"开始头一句，他就问起了我的职业。

"职业虽则没有，穷虽则也穷到可观的地步，但是吃饭穿衣的几件事情，总也勉强地在这里支持过去。你呢？"

"我吗？像你所看见的一样，倒也还好。这暑期学校里教一个月书，倒也还有十六块大洋的进款。"

"那么暑期学校完了就怎么办哩？""也就在那里的完

全小学校里教书，好在先生只有我和校长两个，十六块钱一个月是不会没有的。听说你在做书，进款大约总还好吧？"

"好是不会好的，但十六块或六十块里外的钱是每月弄得到的。"

"说你是病倒在上海的养老院里的这一件事情，虽然是人家的假冒，但是这假冒者何以偏又要来使用像你我这样的人的名义哩？"

"这大约是因为这位假冒者受了一点教育的害毒的缘故。大约因为他也是和你我一样的有了一点智识而没有正当的地方去用。"

"嗳，嗳，说起智识的正当的用处，我到现在也正在这里想。我的应用化学的知识，回国以后虽则还没有用到过一天，但是，但是，我想这一次总可以成功的。"

谈到了这里，他的颜面转换了方向，不再向我看了，而转眼看向了外边的太阳光里。

"嗳，这一回我想总可以成功的。"

他简直是忘记了我，似乎在一个人独语的样子。

"初步机械二千元，工厂建筑一千五百元，一千元买石英等材料和石炭，一千元人的广告，嗳，广告却不可以不登，总计五千五百元。五千五百元的资本。以后就可以烧制出品，算它只出一百块的制品一天，那么一三得三，一个月三千块。一年嘛三万六千块。打一个八折，三八两万四，三六一千八，总也还有两万五千八百块。以六千块还资本，以六千块做扩建费，把一万块钱来造它一所住宅，嗳，住宅当然公司里的人是都可以来住的。那么，那么，只教一年，一年之后，就可以了……"

我只听他计算得起劲，但简直不晓得他在那里计算些什么，所以又轻轻地问他：

"你在计算的是什么？是明朝的演题吗？"

"不，不，我说的是玻璃工厂，一年之后，本利偿清，又可以拿出一万块钱来造一所共同的住宅，吓，你说多么占利啊，嗳，这一所住宅，造好之后，你还可以来住哩，来住着写书，并且顺便也可以替我们做点广告之类，好不好？干杯，干杯，干了它这一杯烧酒。"

莫名其妙，他把酒杯擎起来了，我也只得和他一道，把一杯杨梅已经吃了剩下来的烧酒干了。他干下了那半杯烧酒，紧闭着嘴，又把眼睛闭上，陶然地静止了一分钟，随后又张开了那双红肿的眼睛。大声叫着茶房说：

"堂倌！再来两杯！"

两杯新的杨梅烧酒来后，他紧闭着眼，背靠着后面的板壁，一只手拿着手帕，一次一次地揩拭面部的汗珠，一只手尽是一个一个地拿着杨梅在往嘴里送。嚼着靠着，眼睛闭着，他一面还净在哼哼地说着：

"嗳，嗳，造一间住宅，在湖滨造一间新式的住宅。玻璃，玻璃嘛，用本厂的玻璃，要斯断格拉斯。一万块钱，一万块大洋。"

这样的哼了一阵，吃杨梅吃了一阵了，他又忽而把酒杯举起，睁开眼叫我说：

"喂，老同学，朋友，再干一杯！"

我没有法子，所以只好又举起杯来和他干了一半，但看看他的那杯高玻璃杯的杨梅烧酒，却是杨梅与酒都已吃完了。喝完酒后，一面又闭上眼睛，向后面的板壁靠着，一面他又高叫着堂倌说：

"堂倌！再来两杯！"

堂倌果然又拿了两杯盛得满满的杨梅与酒来，摆在我们的面前。他又同从前一样的闭上眼睛，靠着板壁，在一个杨梅，一个杨梅地往嘴里送。我这时候也有点喝得醺醺地醉了，所以什么也不去管他，只是沉默着在桌上将两手叉住了头打瞌睡，但是在还没有完全睡熟的耳旁，只听见同蜜蜂叫似的他在哼着说：

"啊，真痛快，痛快，一万块钱！一所湖滨的住宅！一个老同学，一位朋友，从远地方来，喝酒，喝酒，喝酒！"

我因为被他这样的在那里叫着，所以终于睡不舒服。但是这伏天的两杯杨梅烧酒，和半日的火车旅行，已经弄得我倦极了，所以很想马上去就近寻一个旅馆来睡一下。这时候正好他又睁开眼来叫我干第三杯烧酒了，我也顺便清醒了一下，睁大了双眼，和他真真地干了一杯。等这一杯似甘非甘的烧酒落肚，我却也有点支持不住了，所以就教堂倌过来算账。他看见了堂倌过来，我在付账了，就同发了疯似的突然站起，一双手叉住了我那只捏着纸币的右手，一只左手尽在裤腰左近的皮袋里乱摸。等堂倌将我的纸币拿去，把找头的铜圆角子拿来摆在桌上的时候，他脸上一青，红肿的眼睛一吊，顺手就把桌上的铜圆抓起，锵丁丁地掷上了我的面部。"扑嗒"的一响，我的右眼上面的太阳穴里就凉阴阴地起了一种刺激的感觉，接着就有点痛起来了。这时候我也被酒精刺激着发了作，呆视住他，大声地喝了一声：

"喂，你发了疯了吗，你在干什么？"

他那一张本来是畸形的面上，弄得满面青青，涨溢着一层杀气。

"操你的，我要打倒你们这些资本家，打倒你们这些不劳而食的畜生！来，我们来比比腕力看。要你来付钱，你算在卖富吗？"

他眉毛一竖，牙齿咬得紧紧，捏起两个拳头，狠命地就扑上了我的身边。我也觉得气极了，不管三七二十一就和他扭打了起来。

白丹，丁当，扑落扑落的桌椅杯盘都倒翻在地上了，我和他两个就也滚跌到了店门的外头。两个人打到了如何的地步，我简直不晓得了，只听见四面哗哗哗哗地赶聚了许多闲人车夫巡警拢来。

等我睡醒了一觉，渴想着水喝，支着遍体鳞伤的身体在第二分署的木栅栏里醒转来的时候，短短的夏夜，已经是天将放亮的午前三四点钟的时刻了。

我睁开了两眼，向四面看了一周，又向栅栏外刚走过去的一位值夜的巡警问了一个明白，才朦胧地记起了白天的情节。我又问我的那位朋友呢，巡警说，他早已酒醒，两点钟之前回到城站的学校里去了。我就求他去向巡长回禀一声，马上放我回去。他去了一刻之后，就把我的长衫草帽并钱包拿还了我。我一面把衣服穿上，出去去解了一个小解，一面就请他去倒一碗水来给我止渴。等我将五元纸币私下塞在他的手里，戴上草帽，由第二分署的大门口走出来的时候，天已经完全亮了。被晓风一吹，头脑清醒了一点，我却想起了昨天午后的事情全部，同时在心坎里竟同触了电似的起了一层淡淡的忧郁的微波。

"啊啊，大约这就是人生吧！"

我一边慢慢地向前走着，一边不知不觉地从嘴里却念出了这样的一句独白来。

醒后的惆怅

石评梅

深夜梦回的枕上，我常闻到一种飘浮的清香，不是冷艳的梅香，不是清馨的兰香，不是金炉里的檀香，更不是野外雨后的草香。不知它来自何处，去至何方？它们伴着皎月游云而来，随着冷风凄雨而来，无可比拟，凄迷辗转之中，认它为一缕愁丝，认它为几束恋感，是这般悲壮而缠绵。世界既这般空寂，何必追求物象的因果。

汝负我命，我还汝债，以是因缘，经百千劫常在生死。

汝爱我心，我爱汝色，以是因缘，经百千劫常在缠缚。

——《楞严经》

寂灭的世界里，无大地山河，无恋爱生死，此身既属臭皮囊，此心又何尝有物，因此我常想毁灭生命，锢禁心灵。至少把过去埋了，埋在那苍茫的海心，埋在那崇峻的山峰；在人间永不波荡，永不飘飞；但是失败了，仅仅这一念之差，铸塑成这般罪恶。

当我在长夜漫漫，转侧呜咽之中，我常幻想着那云烟一般的往事，我感到哽酸，轻轻来吻我的是这腔无处挥洒的血泪。

我不能让生命寂灭，更无力制止她的心波澎湃，想到时总觉对不住母亲，离开她五年把自己摧残到这般枯悴。

要写什么呢？生命已消逝的飞掠去了，笔尖逃逸的思绪，何曾是纸上留下的痕迹。母亲！这些话假如你已了解时，我又何必再写呢！只恨这是埋在我心冢里的，在我将要放在玉棺时，把这束心的挥抹请母亲过目。

天辛死以后，我在他尸身前祷告时，一个令我缱绻的梦醒了！我爱梦，我喜欢梦，她是浓雾里阑珊的花枝，她是雪纱轻笼了苹果脸的少女，她如沧海飞溅的浪花，她如归鸿云天里一闪的翅影。因为她既不可捉摸，又不容凝视，那轻渺渺游丝般梦痕，比一切都使人醺醉而迷惘。

诗是可以写在纸上的，画是可以绘在纸上的，而梦呢，永远留在我心里。　母亲！假如你正在寂寞时候，我告诉你几个奇异的梦。

第四章

晚风吹人醒，万事任它去

梦耶真耶

丰子恺

　　我小时候对于梦的看法，和中年后对于梦的看法大不相同，甚至相反。

　　很小的时候，大约五六岁以前，好像是不做梦的，或者是做了就忘记的。那时候还不知人事，完全任天而动。饥则啼，饱则喜，乐则笑，倦则睡。白天没有什么妄想，夜里也不做什么梦；就是做梦，也同饥饱啼笑一样的过后即忘。七八岁以后，我初入私塾读书，方才明白知道人生有做梦的一件事体。但常把真和梦混在一起，辨不清楚。有时做梦先生放假，醒来的时候便觉欢喜。有时做梦跟邻家的小朋友去捉蟋蟀，次日就去问他讨蟋蟀来看。这大概是因为儿时对于自己的生活全然没有主张或计划，跟了时地的变化和大人的指使而随波逐流地过去，与做梦没有什么分别的缘故。

入了少年时代，我便知道梦是假的，与真的生活判然不同。但对于做梦这一件事，常常觉得奇怪而神秘。怎么独自睡在床里会同隔离的朋友见面，说话，游戏，又跑到很远的地方去呢？虽然事实已证明其为假，但我心中还想不通这个道理。做了青年，学了科学，我才知道这是心理现象的一种，是完全不足凭的假象。我听见有人骂一个乞丐说："你想发财，做梦！"又听见母亲念的《心经》中有一句叫作"远离颠倒梦想"，更知世人对于梦的看法：做梦是假的，荒唐而不合情理的。所以乞丐想做官发财类于做梦。所以修行的人要远离颠倒梦想。真的事实和梦正反对，是真的，切实而合乎情理的。

我在三十岁以前，对于"真"和"梦"两境一直作这样的看法。过了三十岁，到了三十五岁的今日，——《东方杂志》向我征稿的今日，——我在心中拿起真和梦两件事来仔细辨认一下，发现其与从前的看法大不相同，几成正反对。从前我同世人一样的确信"真"为真的，"梦"为假的，真伪的界限判然。现在这界限模糊起来，使我不辨两境孰真孰假，亦不知此生梦耶真耶。从前我确信"真"为如实而合乎情理，"梦"为荒唐而不合

166

情理。现在适得其反：我觉得梦中常有切实而合乎情理的现象。而现世家庭，社会，国家，国际的事，大都荒唐而不合理。我深感做人不及做梦的快适。从前我读到陆放翁的诗：

苦爱幽窗午梦长，

此中与世暂相忘。

华山处士如容见，

不觅仙方觅睡方。

曾经笑他与世"暂"相忘，何足"苦爱"？但现在我苦爱他这首诗，觉得午梦不够，要做长夜之梦才好。假如觅得到睡方，我极愿重量地吞服一剂，从此优游于梦境中，永远不到真的世间来了。

怎见得两境真假的界限模糊呢？我以为"真"的真与"梦"的假，都不是绝对的，都是互相比较而说的。一则"梦"的历时比"真"的历时短些，人们就指"梦"为假。二则"真"的幻灭（就是死）比"梦"的幻灭（就是醒）不易看见，人们就视"真"为真。三则梦中的状况比他世的状况变幻不测些，人们就说做梦是假的。四则世间的事过后都可拿出实物来作凭据，梦中的事过后成空，拿不出确实的凭据来，人们就认世间为真的。其实，这所谓真假全不是绝对的性质，皆由比较而来，其理由如下：（一）梦与真的历时长短，拿音乐来比方，不过像三十二分音符对全音符，久暂虽异，但同在"时间"的旋律中消失过去，岂有永远不休止的音符？（二）每天朝晨醒觉时看见"梦"的幻灭，但每人临终时也要看见"真"的幻灭，不过前者经验的次数多些，后者每人只经验一次罢了。（三）讲到状况的变幻不测，人世的运命岂有常态可测？语云："今日不知明日事，上床忽别下床鞋。"人世的变幻不测与梦境有何两样？就最近的时事看：内乱的起伏，党派的纠纷，都非我民意料所及；"一·二八"淞沪战事的突发，上海的灾民谁也说是"梦想不到的"。我战后来到上海，有好几次看见了闸北的一大片焦土而认真地疑心自己是在做梦呢。（四）"世间的事过后都可拿出实物来作凭据，梦中的事过后成空，拿不出确实的证据来。"这话只能在世间说，你的百年大梦醒觉以后，再向哪里去拿实物来证明世间的事的真实呢？到了大梦一觉的时候，恐怕你要说"世间的事过后成空，拿不出确实的证据来"了。反之，若在梦中说话，也可以说"梦中的事过后都可拿出（梦中的）实物来作凭据"的。我们在世间认真地做人，在梦中也认真做梦。做了拾钞票的梦会笑醒来，做了遇绑匪的梦会吓出一身大汗。我曾做过写原稿的梦，觉得在梦中为梦中的读者写稿同在现世为《东方杂志》的读者写稿一样的辛苦，醒后感到头痛。当时想想真是何苦！早知是假，悔不草率了事。但我现在并不懊悔，因为我确信梦中也有梦中的"世间法"，应该和在现世一样的恪守。不然，我在梦中就要梦魂不安。可知人在梦中都是把梦当作现世一样看待的。反过来也说得通：人在现世常把现世当作梦一样看待，所以有"浮生若梦"的老话。读到"六朝如梦鸟空啼""十年一觉扬州梦"等句，回想自己所遭逢的衰荣兴废，离合悲欢，真觉得同做梦一样！凡人的"生涯原是梦"，岂独"神女"而已哉。

这样说来，梦和真两境，可说都是真的，也可说都是假的，没有绝对真假的区别。所以我不辨两者孰真孰假，亦不知此生梦耶真耶。

怎见得梦中常有切实而合乎情理的现象，而现世的事反多荒唐不合情理呢？这道理是显明的。古人云："昼有所思，夜梦其事。"昼之所思，是我的希望，我的理想，故夜梦大都是与我的生活切实相关而合乎情理的。现世的事便不然，自家庭，社会，以至国家，满目是荒唐而不合情理的现象。人的希望与理想往往在现世一时不能做到，而先在梦中实行。"黄帝昼寝而梦游于华胥氏之国。""后二十有八年，天下大治，几若华胥氏之国。"孔子在乱臣贼子的春秋时代"梦见周公"。自来去国怀乡，以及男女相恋的人，都在梦中圆满其欲望而实行其合理的生活。"梦里不知身是客，一晌贪欢。""故园此去十余里，春梦犹能夜夜归。""重门不锁相思梦，随意绕天涯。"这种梦何等痛快！"打起黄莺儿，莫教枝头啼；啼时惊妾梦，不得到辽西。"这思妇分明是有意耽乐于梦的生活，而在那里"寻梦"了。

同是虚幻，何必细论其切实与荒唐，合情理与不合情理，快适与不快适？总之，我中年以来对于真和梦，不辨孰真孰假，因而不知我生梦耶真耶。我不能忘记《齐物论》中的话："不知周之梦为蝴蝶与？蝴蝶之梦为周与？"又常常想起晏几道的词：

从别后，忆相逢，几回魂梦与君同。今宵剩把银釭照，犹恐相逢是梦中。

可惜这银釭有些靠不住，怎知他不是梦中的银釭呢？安得宇宙间有个标准的银釭，让我照一照人生的真相看？

不易安眠

王统照

冷雨连宵，你大约"不易安眠"？有时有几声巨响由空际传来，你，开窗四望，一片暗冥，凄冷的雨丝织成密网，网住了这黑夜的"囚城"。楼台，树木，车辆，你都看不分明，只是若干点想冲破昏雾的灯光，若远，若近；在飘动，在炫耀，在孤寂中做光明的散布！

春去了，就是苦涩的莺声也不到这"囚城"中叫唤，况是料峭风雨的中夜。

杜鹃的哀啼，夜莺的幽唱，这些鸟音虽会颤动过多少诗人，旅客，易感伤的青年，情思婉转的女孩子的心，使他们神迷，泪落，心情嵌在缠绵的幻影，时间付与冥想的哀，乐，甚则比以灵魂，听似仙乐。……但现在呢？即有他们的娇歌，哀唱，再不会引你遐想，惹你惆怅！……

现实的重负，一支针一滴血地压上苦难者的肩头，火灼，水湮，每个人都分尝到。纵然，音乐般的；或高一步说是精神上的麻醉，可以销魂，可以忘我，可以排遣世虑，可以沉入玄想，但，这至少须有一份略从容的时间，略悠闲的情趣，略轻微的忧郁，方能对他们的娇歌，哀唱，发生飘飘然的清感？

现实呢！便是好作奇想，好动怅惘的古诗人，生活在"囚城"里，你准一千个不相信，什么杜鹃，夜莺，会触动他古怪的灵感，写得出一首像样的诗来。

凡是一个逃不出现实的苦难者，他情愿在暗夜披衣独起；他的心在热血交流中跃动；他的泪灼烫地堕入肚肠；他的想象是：草莽中，平原中，森林中，河岸港湾上的鲜血；是自由的洪流泛滥过激怒的田野；是暴风疾雨挟着战神的飞羽传遍各地。

原来，这样丑恶纷乱的城市再无须会娇歌会哀唱的小鸟做闲情的啭弄，何况是已变成一座"囚城"；一个存储记忆的"狭的笼"！

春去了，正接着与炎威相争的夏日。谁还在梦幻间眷恋着杜鹃夜莺的娇啭，哀啼？有巨响急传；有骤雨惊飘；有到处散射的光明点。

你听，你看；你往远处往深处坚实地想；……你摸索着拿得住永向着青空向着光辉伸展的枝叶！

这昏暗的夜有破晓的时候？……

"不易安眠。"你是否堕入自己的梦魇？

两个家

夏丏尊

"呀，你几时出来的？夫人和孩子们也都来吗？前星期我打电话到公司去找你，才知道你因老太太的病，忽然变卦，又赶回去了，隔了一日，就接到你寄来的报丧条子。你今年总算够受苦了，从五月初上你老太太生病起，匆匆地回去，匆匆地出来，据我知道的就有四五次。这样大旱的天气，而且又带了家眷和小孩，光只川费一项也就可观了吧。"

"唉，真是一言难尽！这回赶得着送老太太的终，几次奔波还算是有意义的。"

"老太太的后事，想大致舒齐了吧。"

"哪里！到了乡间，就有乡间的排场，回神咧，二七例，五七咧，七七咧，都非有举动不可。我想不举动，

175

亲戚本家都不答应。这次头七出殡，间壁的二伯父就不以为然，说不该如是草草。家里事情正多哩，公司里好几次写快信来催。我只好把家眷留在家里，独自先来，隔几天再赶回去。"

"那么还要奔波好几趟呢。唉！像我们这样在故乡有老家的人，不好吃都市饭，最好是回去捏锄头。我们现在都有两个家，一个家在都市里，是亭子间或是客堂楼、厢房间，住着的是自己夫妇和男女。一个家在故乡，是几开间几进的房子，住着的是年老的祖父祖母，父母和未成年弟妹。因为家有两个的缘故，就有许多无谓的苦痛要受。像你这回的奔波，就是其中之一啊。"

"奔波还是小事，我心里最不安的，是没有好好地尽过服侍的责任。老太太病了这几个月，我在她床边的日子合计起来不满一个星期。在公司里每日盼望家信，也何尝不刻刻把心放在她身上，可是于她有什么用呢？"

"这就是家有两个的矛盾了。我们日常不知因此而发生多少的矛盾。譬如说：我和你是亲戚，照礼，老太太病了，我应该去探望，故了，应该去送殓送殡，可是我都无法去尽这种礼。又譬如说：上坟扫墓是我们中国的牢不可破的旧礼法，一个坟头如果每年没有子孙去祭扫，

176

就连坟头都要被人看不起的。我已有好几年不去扫墓了。去年也曾想去，终于因为离不开身，没有去成。我把家眷搬到都市里已十多年了，最初搬家的原因是因为没有饭吃，办事的地方没有屋住。当时我父母还在世，也赞同我把妻儿带在身边住，不过背后不免有'养儿子是假的'的叹息。我也曾屡次想接老父老母出来同居，一则因为都市里房价太贵，负担不起，而且都市的房子也不适宜于老年人居住，二则因为家里有许多房子和东西，也不好弃了不管，终于没有实行。迁延复迁延，过了几年，本来有子有孙的老父老母先后都在寂寞的乡居生活中故世了。你现在的情形，和我当日一样。"

"老太太在日，我每年总要带了妻儿回去一次。她见我们回去就非常快乐，足见我们不在她身边的时候是寂寞不快的。现在老太太死了，我越想越觉得难过。"

"像我们这种人，原不是孝子，即使想做孝子，也不能够。如果用了'晨昏定省''汤药亲尝'等等的形式规矩来责备，我们都犯了不孝之罪。岂但孝呢，悌也无法实行，我常想，中国从前的一切习惯制度都是农业社会的产物，我们生活在近代工商社会的人，要如法奉行是很困难的。大家以农为业，父母子女兄弟天天在一处过活，对父母可以晨昏定省，可以汤药亲尝，对兄弟可以出入必同行，对长者可以有事服其劳，扫墓不必花川资，向公司告假。如果是士大夫，那么有一定的年俸，父母死了还可以三年不做事，一心住在家里读礼守制。可是我们已经不能一一照做。一方面这种农业社会的习惯制度，还遗存着势力，如果不照做，别人可以责备，自己有时也觉得过不去。矛盾，苦痛，就从此发生了。"

"你说得对！我们现在有两个家，在都市里的家是工商社会性质的，在故乡的家是农业社会性质的。我在故乡的家还是新屋，是父亲去世前一年造的。父亲自己是个商人，我出了学校他又不叫我学种田，不知为什么要花了许多钱在乡间造那么大的房子。如果当时造在都市里，那么就是小小的一二间也好，至少我可以和老太太住在一处，不必再住那样狭隘的客堂楼了。"

"我家里的房子是祖父造的，祖父也不曾种田。——过去的事，有什么可说的呢？现在不是还有许多人从都市里发了财，在故乡造大房子吗？由社会的矛盾而来的苦痛，是各方面都受到的，并非一方受了苦痛，一方会得什么利益。你因觉得到对老太太未曾尽孝养之道，心里不安，老太太病中见了你因她的病几次奔波回去，心里也不会爽快吧。你住在都市中的客堂楼上嫌憎不舒服，而老太太死后，那所巨大的空房子恐怕也处置很困难吧。这都是社会的矛盾。我们生在这过渡时代，恰如处在夹墙之中，到处都免不掉要碰壁的。"

"老太太死后，我一时颇想把房子出卖。一则恐怕乡间没有人会承受，凡是买得起这样房子的人自己本有房子，而且也是空着在那里。一则对于上代也觉得过意不去，父亲造这房子颇费了心血，老太太才故世，我就把它卖了，似乎于心不忍。"

"这就是所谓矛盾了。要卖房子，没有人会买；想卖，又觉得于心不忍。这不是矛盾的是什么？"

"那么你以为该怎么办？"

"我也不知道怎么办才好。你知道我自己也不会把故乡的房子卖去，我只说这是矛盾而已。感到这种矛盾的苦痛的人，恐不止你我吧。"

过夜

萧红

　　也许是快近天明了吧！我第一次醒来。街车稀疏地从远处响起，一直到那声音雷鸣一般的震撼着这房子，直到那声音又远地消灭下去，我都听到的。但感到生疏和广大，我就像睡在马路上一样，孤独并且无所凭据。

　　睡在我旁边的是我所不认识的人，那鼾声对于我简直是厌恶和隔膜。我对她并不存着一点感激，也像憎恶我所憎恶的人一样憎恶她。虽然在深夜里她给我一个住处，虽然从马路上把我招引到她的家里。

　　那夜寒风逼着我非常严厉，眼泪差不多和哭着一般流下，用手套抹着，揩着，在我敲打姨母家的门的时候，手套几乎是结了冰，在门扇上起着小小的粘结。我一面敲打一面叫着：

"姨母！姨母……"她家的人完全睡下了，狗在院子里面叫了几声。我只好背转来走去。脚在下面感到有针在刺着似的痛楚。我是怎样的去羡慕那些临街的我所经过的楼房，对着每个窗子我起着愤恨。那里面一定是温暖和快乐，并且那里面一定设置着很好的眠床。一想到眠床，我就想到了我家乡那边的马房，挂在马房里面不也很安逸吗！甚至于我想到了狗睡觉的地方，那一定有茅草。坐在茅草上面可以使我的脚温暖。

积雪在脚下面呼叫："吱……吱……吱……"我的眼毛感到了纠绞，积雪随着风在我的腿部扫打。当我经过那些平日认为可怜的下等妓馆的门前时，我觉得她们也比我幸福。

我快走，慌张地走，我忘记了我背脊怎样的弓起，肩头怎样的耸高。

"小姐！坐车吧！"经过繁华一点的街道，洋车夫们向我说着。

都记不得了，那等在路旁的马车的车夫们也许和我开着玩笑。

"喂……喂……冻得活像个他妈的……小鸡样……"
但我只看见马的蹄子在石路上面踩打。

我走上了我熟人的扶梯，我摸索，我寻找电灯，往往一件事情越接近着终点越容易着急和不能忍耐。升到最高级了，几乎从顶上滑了下来。

感到自己的力量完全用尽了！再多走半里路也好像是不可能，并且这种寒冷我再不能忍耐，并且脚冻得麻木了，需要休息下来，无论如何它需要一点暖气，无论如何不应该再让它去接触着霜雪。

去按电铃，电铃不响了，但是门扇欠了一个缝，用手一触时，它自己开了。一点声音也没有，大概人们都睡了。我停在内间的玻璃门外，我招呼那熟人的名字，终没有回答！我还看到墙上那张没有框子的画片。分明房里在开着电灯。再招呼了几声，仍是什么也没有……

"喔……"门扇用铁丝绞了起来，街灯就闪耀在窗子的外面。我踏着过道里搬了家余留下来的碎纸的声音，同时在空屋里我听到了自己苍白的叹息。

"浆汁还热吗？"在一排长街转角的地方，那里还张着卖浆汁的白色的布棚。我坐在小凳上，在集合着铜板……

等我第一次醒来时，只感到我的呼吸里面充满着鱼的气味。

"街上吃东西,那是不行的。您吃吃这鱼看吧,这是黄花鱼,用油炸的……"她的颜面和干了的海藻一样打着波皱。

"小金铃子,你个小死鬼,你给我滚出来……快……"我跟着她的声音才发现墙角蹲着个孩子。

"喝浆汁,要喝热的,我也是爱喝浆汁……哼!不然,你就遇不到我了,那是老主顾,我差不多每夜要喝——偏偏金铃子昨晚上不在家,不然的话,每晚都是金铃子去买浆汁。"

"小死金铃子,你失了魂啦!还等我孝敬你吗?还不自己来装饭!"

那孩子好像猫一样来到桌子旁边。

"还见过吗?这丫头十三岁啦,你看这头发吧!活像个多毛兽!"她在那孩子的头上用筷子打了一下,于是又举起她的酒杯来。她的两只袖口都一起往外脱着棉花。

晚饭她也是喝酒,一直喝到坐着就要睡去了的样子。

我整天没有吃东西,昏沉沉和软弱,我的知觉似乎一半存在着,一半失掉了。在夜里,我听到了女孩的尖叫。

"怎么,你叫什么?"我问。

"不,妈呀!"她惶惑地哭着。

从打开着的房门，老妇人捧着雪球回来了。

"不，妈呀！"她赤着身子站到角落里去。

她把雪块完全打在孩子的身上。

"睡吧！我让你知道我的厉害！"她一面说着，孩子的腿部就流着水的条纹。

我究竟不知道这是为了什么。

第二天，我要走的时候，她向我说：

"你有衣裳吗？留给我一件……"

"你说的是什么衣裳？"

"我要去进当铺，我实在没有好当的了！"于是她翻着炕上的旧毯片和流着棉花的被子："金铃子这丫头还不中用……也无怪她，年纪还不到哩！五毛钱谁肯要她呢？要长样没有长样，要人才没有人才！花钱看样子吗？前些个年头可行，比方我年轻的时候，我常跟着我的姨姐到班子里去逛逛，一逛就能落几个……多多少少总能落几个……现在不行了！正经的班子不许你进，土窑子是什么油水也没有，老庄哪懂得看样子，花钱让他看样子，他就干了吗？就是凤凰也不行啊！落毛鸡就是不花钱谁又想看呢？"她突然用手指在那孩子的头上点了一下。"摆设，总得像个摆设的样子，看这穿戴……呸呸！"她的嘴和眼睛一致地歪动了一下。"再过两年我就好了。管她长得猫样狗样，可是她到底是中用了！"

她的颜面和一片干了的海蜇一样。我明白一点她所说的"中用"或"不中用"——。

"套鞋可以吧？"我打量了我全身的衣裳，一件棉外衣，一件夹袍，一件单衫，一件短绒衣和绒裤，一双皮鞋，一双单袜。

"不用进当铺，把它卖掉，三块钱买的，五角钱总可以卖出。"我弯下腰在地上寻找套鞋。

"哪里去了呢？"我开始划着一根火柴，屋子里黑暗下来，好像"夜"又要来临了。

"老鼠会把它拖走的吗？不会的吧？"我好像在反复着我的声音，可是她，一点也不来帮助我，无所感觉的一样。

我去扒着土炕，扒着碎毡片，碎棉花。但套鞋是不见了。

女孩坐在角落里面咳嗽着，那老妇人简直是喑哑了。

"我拿了你的鞋！你以为？那是金铃子干的事……"借着她抽烟时划着火柴的光亮，我看到她打着皱纹的鼻子的两旁挂下两条发亮的东西。

185

"昨天她把那套鞋就偷着卖了！她交给我钱的时候我才知道。半夜里我为什么打她？就是为着这桩事。我告诉她偷，是到外面去偷。看见过吗？回家来偷。我说我要用雪把她活埋……不中用的，男人不能看上她的，看那小毛辫子！活像个猪尾巴！"

她回转身去扯着孩子的头发，好像在扯着什么没有知觉的东西似的。

"老的老，小的小……你看我这年纪，不用说是不中用的啦！"

两天没有见到太阳，在这屋里，我觉得狭窄和阴暗，好像和老鼠住在一起了。假如走出去，外面又是"夜"。但一点也不怕惧，走出去了！

我把单衫从身上褪了下来。我说："去当，去卖，都是不值钱的。"

这次我是用夏季里穿的通孔的鞋子去接触着雪地。

沉默

朱自清

沉默是一种处世哲学，用得好时，又是一种艺术。

谁都知道口是用来吃饭的，有人却说是用来接吻的。我说满没有错儿；但是若统计起来，口的最多的（也许不是最大的）用处，还应该是说话，我相信。按照时下流行的议论，说话大约也算是一种"宣传"，自我的宣传。所以说话彻头彻尾是为自己的事。若有人一口咬定是为别人，凭了种种神圣的名字；我却也愿意让步，请许我这样说：说话有时的确只是间接地为自己，而直接的算是为别人！

自己以外有别人，所以要说话；别人也有别人的自己，所以又要少说话或不说话。于是乎我们要懂得沉默。你若念过鲁迅先生的《祝福》，一定会立刻明白我的意思。

　　一般人见生人时，大抵会沉默的，但也有不少例外。常在火车轮船里，看见有些人迫不及待似的到处向人问讯，攀谈，无论那是搭客或茶房，我只有羡慕这些人的健康；因为在中国这样旅行中，竟会不感觉一点儿疲倦！见生人的沉默，大约由于原始的恐惧，但是似乎也还有别的。假如这个生人的名字，你全然不熟悉，你所能做的工作，自然只是有意或无意地防御——像防御一个敌人。沉默便是最安全的防御战略。你不一定要他知道你，更不想让他发现你的可笑的地方——一个人总有些可笑的地方不是？你只让他尽量说他所要说的，若他是个爱说的人。末了你恭恭敬敬和他分别。假如这个生人，你愿意和他做朋友，你也还是得沉默。但是得留心听他的话，选出几处，加以简短的，相当的赞词；至少也得表示相当的同意。这就是知己的开场，或说起码的知己也可。假如这个人是你所敬仰的或未必敬仰的"大人物"，你记住，更不可不沉默！大人物的言语，乃至脸色眼光，都有异样的地方；你最好远远地坐着，让那些勇敢的同伴上前线去。自然，我说的只是你偶然地遇着或随众访问大人物的时候。若你愿意专诚拜谒，你得另想办法；在我，那却是一件可怕的事。你看看大人物与非大人物或大人物与大人物间谈话的情形，准可以满足，而不用从牙缝里迸出一个字。说话是一件费神的事，能少说或不说以及应少说或不说的时候，沉默实在是长寿之一道。至于自我宣传，诚哉重要——谁能不承认这是重要呢？但对于生人，这是白费的；他不会领略你宣传的旨趣，只暗笑你的宣传热；他会忘记得干干净净，在和你一鞠躬或一握手以后。

朋友和生人不同，就在他们能听也肯听你的说话——宣传。这不用说是交换的，但是就是交换的也好。他们在不同的程度下了解你，谅解你；他们对于你有了相当的趣味和礼貌。你的话满足他们的好奇心，他们就趣味地听着；你的话严重或悲哀，他们因为礼貌的缘故，也能暂时跟着你严重或悲哀。在后一种情形里，满足的是你；他们所真感到的怕倒是矜持的气氛。他们知道"应该"怎样做；这其实是一种牺牲，"应该"也"值得"感谢的。但是即使在知己的朋友面前，你的话也还不应该说得太多；同样的故事，情感，和警句，隽语，也不宜重复地说。《祝福》就是一个好榜样。你应该相当的节制自己，不可妄想你的话占领朋友们整个的心——你自己的心，也不会让别人完全占领呀。你更应该知道怎样藏匿你自己。只有不可知，不可得的，才有人去追求；你若将所有的尽给了别人，你对于别人，对于世界，将没有丝毫意义，正和医学生实习解剖时用过的尸体一样。那时是不可思议的孤独，你将不能支持自己，而倾仆到无底的黑暗里去。一个情人常喜欢说："我愿意将所有的都献给你！"谁真知道他或她所有的是些什么呢？第一个说这句话的人，只是表示自己的慷慨，至多也只是表示一种理想；以后跟着说的，更只是"口头禅"而已。所以朋友间，甚至恋人间，沉默还是不可少的。你的话应该像黑夜的星星，不应该像除夕的爆竹——谁稀罕那彻宵的爆竹呢？而沉默有时更有诗意。譬如在下午，在黄昏，在深夜，在大而静的屋子里，短时的沉默，也许远胜于连续不断的倦怠了的谈话。有人称这种境界为"无言之美"，你瞧，多漂亮的名字！至于所谓"拈花微笑"，那更了不起了！

可是沉默也有不行的时候。人多时你容易沉默下去，一主一客时，就不准行。你的过分沉默，也许把你的生客惹恼了，赶跑了！倘使你愿意赶他，当然很好；倘使你不愿意呢，你就得不时地让他喝茶，抽烟，看画片，读报，听话匣子，偶然也和他谈谈天气，时局——只是复述报纸的记载，加上几个不能解决的疑问，总以引他说话为度。于是你点点头，哼哼鼻子，时而叹叹气，听着。他说完了，你再给起个头，照样地听着。但是我的朋友遇见过一个生客，他是一位准大人物，因某种礼貌关系去看我的朋友。他坐下时，将两手笼起，搁在桌上。说了几句话，就止住了，两眼炯炯地直看着我的朋友。我的朋友窘极，好容易陆陆续续地找出一句半句话来敷衍。这自然也是沉默的一种用法，是上司对属僚保持威严用的。用在一般交际里，未免太露骨了；而在上述的情形中，不为主人留一些余地，更属无礼。大人物以及准大人物之可怕，正在此等处。至于应付的方法，其实倒也有，那还是沉默；只消照样笼了手，和他对看起来，他大约也就无可奈何了吧？

睡

梁实秋

我们每天睡眠八小时，便占去一天的三分之一，一生之中三分之一的时间于"一枕黑甜"之中度过，睡不能不算是人生一件大事。可是人在筋骨疲劳之后，眼皮一垂，枕中自有乾坤，其事乃如食色一般的自然，好像是不需措意。

豪杰之士有"闻午夜荒鸡起舞"者，说起来令人神往；但是五代时之陈希夷，居然隐于睡，据说"小则亘月，大则几年，方一觉"，没有人疑其为有睡病，而且传为美谈。这样的大量睡眠，非常人之所能。我们的传统的看法，大抵是不鼓励人多睡觉。昼寝的人早已被孔老夫子斥为不可造就，使得我们居住在亚热带的人午后小憩（西班牙人所谓"Siesta"）时内心不免惭愧。后汉时有一位边孝先，也是为了睡觉受他的弟子们的嘲笑，"边孝先，腹便便，懒读书，但欲眠"。佛说在家戒法，特别指出"贪睡眠乐"为"精进波罗密"之一障。大概倒头便睡，等着太阳晒屁股，其事甚易，而掀起被衾，跳出软暖，至少在肉体上做"顶天立地"状，其事较难。

其实睡眠还是需要适量。我看倒是睡眠不足为害较大。"睡眠是自然的第二道菜"，亦即最丰盛的主菜之谓。多少身心的疲惫都在一阵"装死"之中涤除净尽。车祸的发生时常因为驾车的人在打瞌睡。衙门机构一些人员之一张铁青的脸，傲气凌人，也往往是由于睡眠不足，头昏脑涨，一肚皮的怨气无处发泄，如何能在脸上绽出人类所特有的笑容？至于在高位者，他们的睡眠更为重要，一夜失眠，不知要造成多少纰漏。

睡眠是自然的安排，而我们往往不能享受。以"天知地知我知子知"闻名的杨震，我想他睡觉没有困难，至少不会失眠，因为他光明磊落。心有恐惧，心有挂碍，心有忮求，倒下去只好辗转反侧，人尚未死而已先不能瞑目。《庄子》所谓"至人无梦"，《楞严经》所谓"梦想消灭，寤寐恒一"，都是说心里本来平安，睡时也自然踏实。劳苦分子，生活简单，日入而息，日出而作，不容易失眠。听说有许多治疗失眠的偏方，或教人计算数目字，或教人想象中描绘人体轮廓，其用意无非是要人收敛他的颠倒妄想，忘怀一切，但不知有多少实效。愈失眠愈焦急，愈焦急愈失眠，恶性循环，只好瞪着大眼睛，不觉东方之既白。

睡眠不能无床。古人席地而坐卧，我由"榻榻米"体验之，觉得不是滋味。后来北方的土炕、砖炕，即较胜一筹。近代之床，实为一大进步。床宜大，不宜小。今之所谓双人床，阔不过四五尺，仅足供单人翻覆，还说什么"被底鸳鸯"？

莎士比亚《第十二夜》提到一张大床，英国 Ware 地方某旅舍有大床，七尺六寸高，十尺九寸阔，雕刻甚工，可睡十二人云。尺寸足够大了，但是睡上一打，其去沙丁鱼也几希，并不令人羡慕。讲到规模，还是要推我们上国的衣冠文物。我家在北平即藏有一旧床，杭州制，竹篾为绷，宽九尺余，深六尺余，床架高八尺，三面隔扇，下面左右床柜，俨然一间小屋，最可人处是床里横放架板一条，图书，盖碗，桌灯，四干四鲜，均可陈列其上，助我枕上之功。洋人的弹簧床，睡上去如落在棉花堆里，冬日犹可，夏日燠不可当。而且洋人的那种铺被的方法，将身体放在两层被单之间，把毯子裹在床垫之上，一翻身肩膀透风，一伸腿脚趾戳被，并不舒服。佛家的八戒，其中之一是"不坐高广大床"，和我的理想正好相反，我至今还想念我老家里的那张高广大床。

睡觉的姿态人各不同，亦无长久保持"睡如弓"的姿态之可能与必要。王右军那样的东床坦腹，不失为潇洒。即使佝偻着，如死蚯蚓，匍匐着，如癞蛤蟆，也不干谁的事。北方有些地方的人士，无论严寒酷暑，入睡时必脱得一丝不挂，在被窝之内实行天体运劲，亦无伤风化。唯有鼾声雷鸣，最使不得。宋张端义《贵耳集》载一条奇闻："刘垂范往见羽士寇朝，其徒告以睡。刘坐寝外闻鼻鼾之声，雄美可听，曰：'寇先生睡有乐，乃华胥调。'"所谓"华胥调"见陈希夷故事，据《仙佛奇踪》："陈抟居华山，有一客过访，适值其睡。旁有一异人，听其息声，以墨笔记之。客怪而问之，其人曰：'此先生华胥调混沌谱也。'"华胥氏之国不曾游过，华胥调当然亦无从欣赏，若以鼾声而论，我所能辨识出来的谱调顶多是近于"爵士新声"，其中可能真有"雄美可听"者。不过睡还是以不奏乐为宜。

睡也可以是一种逃避现实的手段。在这个世界活得

195

不耐烦而又不肯自行退休的人，大可以掉头而去，高枕而眠，或竟曲肱而枕，眼前一黑，看不惯的事和看不入眼的人都可以暂时撇在一边，像鸵鸟一般，眼不见为净。明陈继儒《珍珠船》记载着："徐光溥为相，喜论事，大为李旻等所嫉。光溥后不言，每聚议，但假寐而已，时号'睡相'。"一个做到首相地位的人，开会不说话，一味假寐，真是懂得明哲保身之道，比危行言逊还要更进一步。这种功夫现代似乎尚未失传。

泰山日出

徐志摩

　　我们在泰山顶上看出太阳。在航过海的人，看太阳从地平线下爬上来，本不是奇事；而且我个人是曾饱饫过红海与印度洋无比的日彩的。但在高山顶上看日出，尤其在泰山顶上，我们无餍的好奇心，当然盼望一种特异的境界，与平原或海上不同的。果然，我们初起时，天还暗沉沉的，西方是一片的铁青，东方些微有些白意，宇宙只是——如用旧词形容——一体莽莽苍苍的。但这是我一面感觉劲烈的晓寒，一面睡眼不曾十分醒豁时约略的印象。等到留心回览时，我不由得大声地狂叫——因为眼前只是一个见所未见的境界。原来昨夜整夜暴风的工程，却砌成一座普遍的云海。除了日观峰与我们所在的玉皇顶以外，东西南北只是平铺着弥漫的云气。在朝旭未露前，宛似无量数厚氍长绒的绵羊，交颈接背地眠着，卷耳与弯角都依稀辨认得出。那时候在这茫茫的云海中，我独自站在雾霭溟蒙的小岛上，发生了奇异的幻想——

我躯体无限地长大，脚下的山峦比例我的身量，只是一块拳石；这巨人披着散发，长发在风里像一面墨色的大旗，飒飒地在飘荡。这巨人竖立在大地的顶尖上，仰面向着东方，平拓着一双长臂，在盼望，在迎接，在催促，在默默地叫唤；在崇拜，在祈祷，在流泪——在流久慕未见而将见悲喜交互的热泪……这泪不是空流的，这默祷不是不生显应的。

巨人的手，指向着东方——

东方有的，在展露的，是什么？

东方有的是瑰丽荣华的色彩，东方有的是伟大普照的光明——出现了，到了，在这里了……

玫瑰汁，葡萄浆，紫荆液，玛瑙精，霜枫叶——大量的染工，在层累的云底工作，无数蜿蜒的鱼龙，爬进了苍白色的云堆。

一方的异彩，揭去了满天的睡意，唤醒了四隅的明霞——光明的神驹，在热奋地驰骋……

云海也活了；眠熟了兽形的涛澜，又回复了伟大的呼啸，昂头摇尾地向着我们朝露染青馒形的小岛冲洗，激起了四岸的水沫浪花，震荡着这生命的浮礁，似在报告光明与欢欣之临莅……

再看东方——海句力士已经扫荡了他的阻碍，雀屏似的金霞，从无垠的肩上产生，展开在大地的边沿。起……起……用力，用力。纯焰的圆颅，一探再探地跃出了地平，翻登了云背，临照在天空……

歌唱呀，赞美呀，这是东方之复活，这是光明的胜利……

散发祷祝的巨人，他的身彩横亘在无边的云海上，已经渐渐地消翳在普遍的欢欣里；现在他雄浑的颂美的歌声，也已在霞彩变幻中，普彻了四方八隅……

听呀，这普彻的欢声；看呀，这普照的光明！

失眠之夜

萧红

为什么要失眠呢！烦躁，恶心，心跳，胆小，并且想要哭泣。我想想，也许就是故乡的思虑吧。

窗子外面的天空高远了，和白棉一样绵软的云彩低近了，吹来的风好像带点草原的气味，这就是说已经是秋天了。

在家乡那边，秋天最可爱。

蓝天蓝得有点发黑，白云就像银子做成一样，就像白色的大花朵似的点缀在天上；就又像沉重得快要脱离开天空而坠了下来似的，而那天空就越显得高了，高得再没有那么高的。

昨天我到朋友们的地方走了一遭，听来了好多的心愿——那许多心愿综合起来，又都是一个心愿——这回若真的打回满洲去，有的说，煮一锅高粱米粥喝；有的说，咱家那地豆多么大！说着就用手比量着，这么碗大；珍珠米，老的一煮就开了花的，一尺来长的；还有的说，高粱米粥、咸盐豆。还有的说，若真的打回满洲去，三天两夜不吃饭，打着大旗往家跑。跑到家去自然也免不了先吃高粱米粥或咸盐豆。

比方高粱米那东西，平常我就不愿吃，很硬，有点发涩（也许因为我有胃病的关系），可是经他们一说，也觉得非吃不可了。

但是什么时候吃呢？那我就不知道了。而况我到底是不怎样热烈的，所以关于这一方面，我终究不怎样亲切。

但我想我们那门前的蒿草，我想我们那后园里开着的茄子的紫色的小花，黄瓜爬上了架。而那清早，朝阳带着露珠一齐来了！

我一说到蒿草或黄瓜，三郎就向我摆手或摇头："不，我们家，门前是两棵柳树，树荫交织着做成门形。再前面是菜园，过了菜园就是门。那金字塔形的山峰正向着我们家的门口，而两边像蝙蝠的翅膀似的向着村子的东方和西方伸展开去。而后园黄瓜、茄子也种着，最好看的是牵牛花在石头墙的缝隙爬遍了，早晨带着露水牵牛花开了……"

"我们家就不这样，没有高山，也没有柳树……只有……"我常常这样打断他。

有时候，他也不等我说完，他就接下去。我们讲的故事，彼此都好像是讲给自己听，而不是为着对方。

只有那么一天，买来了一张《东北富源图》挂在墙上了，染着黄色的平原上站着小马，小羊，还有骆驼，还有牵着骆驼的小人；海上就是些小鱼，大鱼，黄色的鱼，红色的好像小瓶似的大肚的鱼，还有黑色的大鲸鱼；而兴安岭和辽宁一带画着许多和海涛似的绿色的山脉。

他的家就在离着渤海不远的山脉中，他的指甲在山脉爬着："这是大凌河……这是小凌河……哼……没有，这个地图是个不完全的，是个略图……"

"好哇！天天说凌河，哪有凌河呢！"我不知为什么一提到家乡，常常愿意给他扫兴一点。

"你不相信！我给你看。"他去翻他的书橱去了，"这不是大凌河……小凌河……小孩的时候在凌河沿上捉小鱼，拿到山上去，在石头上用火烤着吃……这边就是沈家台，离我们家二里路……"因为是把地图摊在地板上看的缘故，一面说着，他一面用手扫着他已经垂在前额的发梢。

《东北富源图》就挂在床头，所以第二天早晨，我一张开了眼睛，他就抓住了我的手：

"我想将来我回家的时候，先买两匹驴，一匹你骑着，一匹我骑着……先到我姑姑家，再到我姐姐家……顺便也许看看我的舅舅去……我姐姐很爱我……她出嫁以后，每回来一次就哭一次，姐姐一哭，我也哭……这有七八年不见了！也都老了。"

那地图上的小鱼，红的，黑的，都能够看清，我一边看着，一边听着，这一次我没有打断他，或给他扫一点兴。

"买黑色的驴，挂着铃子，走起来……当啷啷当啷啷啷……"他形容着铃音的时候，就像他的嘴里边含着铃子似的在响。

"我带你到沈家台去赶集。那赶集的日子，热闹！驴身上挂着烧酒瓶……我们那边，羊肉非常便宜……羊肉炖片粉……真有味道！唉呀！这有多少年没吃那羊肉啦！"他的眉毛和额头上起着很多皱纹。

我在大镜子里边看了他，他的手从我的手上抽回去，放在他自己的胸上，而后又背着放在枕头下面去，但很快地又抽出来。只理一理他自己的发梢又放在枕头上去。

而我，我想：

"你们家对于外来的所谓'媳妇'也一样吗？"我想着这样说了。

这失眠大概也许不是因为这个。但买驴子的买驴子，吃咸盐豆的吃咸盐豆，而我呢？坐在驴子上，所去的仍是生疏的地方，我停着的仍然是别人的家乡。

家乡这个观念，在我本不甚切的，但当别人说起来的时候，我也就心慌了！虽然那块土地在没有成为日本的之前，"家"在我就等于没有了。

这失眠一直继续到黎明之前，在高射炮的声中，我也听到了一声声和家乡一样的震抖在原野上的鸡鸣。

早老者的忏悔

夏丏尊

朋友间谈话，近来最多谈及的是关于身体的事。不管是三十岁的朋友，四十岁的朋友，都说身体应付不过各自的工作，自己照起镜子来，看到年龄以上的老态，彼此感慨万分。

我今年五十，在朋友中原比较老大，可是自己觉得体力减退已好多年了。三十五六岁以后，我就感到身体一年不如一年，工作起不得劲，只是恹恹地勉强挨，几乎无时不觉得疲劳，什么都觉得厌倦。这情形一直到如今。十年以前，我还只四十岁，不知道我年龄的都说我是五十岁光景的人，近来居然有许多人叫我"老先生"。论年龄，五十岁的人应该还大有可为，古今中外，尽有活到了七十八十，元气很盛的。可是我却已经老了，而且早已老了。

因为身体不好，关心到一般体育上的事情，对于早年自己的学校生活，发现一个重大的罪过。现在的身体不好，可以说是当然的报应。这罪过是什么？就是看不起体操老师。

体操老师的被蔑视，似乎在现在也是普遍现象。这是有着历史关系的。我自己就是一个历史的人物。三十年前，中国初兴学校，学校制度不像现在的完整。我是弃了八股文进学校的，所进的学校先后有好几个，程度等于现在的中学。当时学生都是所谓"读书人"，童生秀才都有，年龄大的可三十岁，小的可十五六岁，我算是比较年轻的一个。那时学校教育虽号称"德育智育体育并重"，可是学生所注重的是"智育"，学校所注重的也是"智育"，"德育"和"体育"只居附属的地位。在全校的教师之中，最被重视的是英文教师，次之是算学教师，格致（理化博物之总名）教师，最被蔑视的是修身教师，体操教师。大家把修身教师认作迂腐的道学家，把体操教师认作卖艺打拳的江湖家。修身教师大概是国文教师兼的。体操教师的薪水在教师中最低，往往不及英文教师的半数。

那时学校新设，各科教师都并无一定的资格，不像现在有大学或专门科毕业生。国文教师，历史教师，由秀才举人中挑选；英文教师大概向上海聘请，圣约翰书院（现在改称大学，当时也叫梵王渡）出身的曾大出过风头；算学、格致教师也都是把教会学校的未毕业生拉来充数；论起资格来，实在薄弱得很。尤其是体操教师，他们不是三个月或半年的速成科出身，就是曾经在任何学校住过几年的三脚猫。那时一面有学校，一面还有科举，大家把学校教育当作科举的准备。体操一科，对于科举是全然无关的。又不像现在学校的有竞技选手之类的名目，谁也不去加以注重。在体操时间，有的请假，有的立在操场上看教师玩把戏，自己敷衍了事。体操教师对于所教的功课似乎也并无何等的自信与理论，只是今日球类，明日棍棒，轮番着变换花样，想以趣味来维系人心，可是学生老不去睬他。

蔑视体操科，看不起体操教师，是那时的习惯。这习惯在我竟一直延长下去。我敢自己报告，我在以后近十年的学生生活中，不曾用心操过一次的体操，也不曾对于某一位体操教师抱过尊敬之念。换一句话说，我在学生时代不信"一二三四"等类的动作和习惯会有益于自己后来的健康。我只觉得"一二三四"等类的动作干燥无味。

朋友之中，有每日早晨在床上做二十分钟操的，有每日临睡操八段锦的，据说持久做会有效果，劝我也试试。他们的身体确比我好得多，我也已经从种种体验上知道运动的要义不在趣味而在继续持久，养成习惯。可是因为一向对于上面这些厌憎，终于立不住自己的决心，起不成头，一任身体一日不如一日。

我们所过的是都市的工商生活，房子是鸽笼，业务头绪纷烦，走路得刻刻留心，应酬上饮食容易过度，感官日夜不绝地受到刺激，睡眠是长年不足的，事业上的忧虑，生活上的烦闷，是没有一刻忘怀的。这样的生活当然会使人早老早死。除了捏锄头的农夫以外，却无法不营这样的生活，这是事实。积极的自救法，唯有补充体力，及早预备好了身体来。

"如果我在学生时代不那样蔑视体操科，对于体操教师不那样看他们不起，多少听受他们的教诲，也许……"我每当顾念自己的身体现状时，常这样暗暗叹息。

第五章

烟火向星辰，

所愿皆成真

有了小孩以后

老舍

艺术家应以艺术为妻，实际上就是当一辈子光棍儿。在下闲暇无事，往往写些小说，虽一回还没自居过文艺家，却也感觉到家庭的累赘。每逢困于油盐酱醋的灾难中，就想到独人一身，自己吃饱便天下太平，岂不妙哉。

家庭之累，大半由儿女造成。先不用提教养的花费，只就淘气哭闹而言，已足使人心慌意乱。小女三岁，专会等我不在屋中，在我的稿子上画圈拉杠，且美其名曰"小济会写字"！把人要气没了脉，她到底还是有理！再不然，我刚想起一句好的，在脑中盘旋，自信足以愧死莎士比亚，假若能写出来的话。当是时也，小济拉拉我的肘，低声说："上公园看猴？"于是我至今还未成莎士比亚。小儿一岁整，还不会"写字"，也不晓得去看猴，但善亲亲，闭眼，张口展览上下四个小牙。我若没事，请求他闭眼，露牙，小胖子总会东指西指地打岔。赶到我拿起笔来，他那一套全来了，不但亲脸，闭眼，还"指"令我也得表演这几招。有什么办法呢？！

这还算好的。赶到小济午后不睡，按着也不睡，那才难办。到这么四点来钟吧，她的困闹开始，到五点钟我已没人味。什么也不对，连公园的猴都变成了臭的，而且猴之所以臭，也应当由我负责。小胖子也有这种困而不睡的时候，大概多数是与小济同时发难。两位小醉鬼一齐找毛病，我就是诸葛亮恐怕也得唱空城计，一点办法没有！在这种干等束手被擒的时候，偏偏会来一两封快信——催稿子！我也只好闹脾气了。不大一会儿，把太太也闹急了，一家大小四口，都成了醉鬼，其热闹至为惊人。大人声言离婚，小孩怎说怎不是，于离婚的争辩中瞎打混。一直到七点后，二位小天使已困得动不得，离婚的宣言才无形地撤销。这还算好的。遇上小胖子出牙，那才真教厉害，不但白天没有情理，夜里还得上夜班。一会儿一醒，若被针扎了似的惊啼，他出牙，谁也不用打算睡。他的牙出利落了，大家全成了红眼虎。

不过，这一点也不妨碍家庭中爱的发展，人生的巧妙似乎就在这里。记得 Frank Harris 仿佛有过这么点记载：他说王尔德为那件不名誉的案子过堂被审，一开头他侃侃而谈，语多幽默。及至原告提出几个男妓做证人，王尔德没了脉，非失败不可了。Harris 以为王尔德必会说："我是个戏剧家，为观察人生，什么样的人都当交往。假若我不和这些人接触，我从哪里去找戏剧中的人物呢？"可是，王尔德竟自没这么答辩，官司就算输了！

把王尔德且放在一边；艺术家得多去经验，Harris 的意见，假若不是特为王尔德而发的，的确是不错。连家庭之累也是如此。还拿小孩们说吧——这才来到正题——爱他们吧，嫌他们吧，无论怎说，也是极可宝贵的经验。

在没有小孩的时候，一个人的世界还是未曾发现美洲的时候的。小孩是科仑布，把人带到新大陆去。这个新大陆并不很远，就在熟习的街道上和家里。你看，街市上给我预备的，在没有小孩的时候，似乎只有理发馆，饭铺，书店，邮政局等。我想不出婴儿医院，糖食店，玩具铺等等的意义。连药房里的许许多多婴儿用的药和粉，报纸上婴儿自己药片的广告，百货店里的小袜子小鞋，都显着多此一举，劳而无功。及至小天使自天飞降，我的眼睛似乎戴上了一双放大镜，街市依然那样，跟我有关系的东西可是不知增加了多少倍！婴儿医院不但挂着牌子，敢情里边还有医生呢。不但有医生，还是挺神气，一点也得罪不得。拿着医生所给的神符，到药房去，敢情那些小瓶子小罐都有作用。不但要买瓶子里的白汁黄面和各色的药饼，还得买瓶子罐子，轧粉的钵，量奶的漏斗，乳头，卫生尿布，玩意多多了！百货店里那些小衣帽，小家具，也都有了意义；原先以为多此一举的东西，如今都成了非他不行；有时候铺中缺乏了我所要的那一件小物品，我还大有看不起他们的意思：既是百货店，怎能不预备这件东西呢?！慢慢地，全街上的铺子，除了金店与古玩铺，都有了我的足迹；连当铺也走得怪熟。铺中人也渐渐熟识了，甚至可以随便闲谈，以小孩为中心，谈得颇有味儿。伙计们，掌柜们，原来不仅是站柜做买卖，家中还有小孩呢！有的铺子，竟自敢允许我欠账，仿佛一有了小孩，我的人格也好了些，能被人信任。三节的账条来得很踊跃，使我明白了过节过年的时候怎样出汗。

小孩使世界扩大，使隐藏着的东西都显露出来。非有小孩不能明白这个。看着别人家的孩子，肥肥胖胖，整整齐齐，你总觉得小孩们理应如此，一生下来就戴着小帽，穿着小袄，好像小雏鸡生下来就披着一身黄绒似的。赶到自己有了小孩，才能晓得事情并不这么简单。一个小娃娃身上穿戴着全世界的工商业所能供给的，给全家人以一切啼笑爱怨的经验，小孩的确是位小活神仙！

有了小活神仙，家里才会热闹。窗台上，我一向认为是摆花的地方。夏天呢，开着窗，风儿轻轻吹动花与叶，屋中一阵阵的清香。冬天呢，阳光射到花上，使全屋中有些颜色与生气。后来，有了小孩，那些花盆很神秘地都不见了，窗台上满是瓶子罐子，数不清有多少。尿布有时候上了写字台，奶瓶倒在书架上。大扫除才有了意义，是的，到时候非痛痛快快地收拾一顿不可了，要不然东西就有把人埋起来的危险。上次大扫除的时候，我由床底下找到了但丁的《神曲》。不知道这老家伙干吗在那里藏着玩呢！

人的数目也增多了，而且有很多问题。在没有小孩的时候，用一个仆人就够了，现在至少得用俩。以前，仆人"拿糖"，满可以暂时不用；没人做饭，就外边去吃，谁也不用拿捏谁。有了小孩，这点豪气趁早收起去。三天没人洗尿布，屋里就不要再进来人。牛奶等项是非有人管理不可，有儿方知卫生难，奶瓶子一天就得烫五六次；没仆人简直不行！有仆人就得捣乱，没办法！

好多没办法的事都得马上有办法，小孩子不会等着"国联"慢慢解决儿童问题。这就长了经验。半夜里去买药，药铺的门上原来有个小口，可以交钱拿药，早先我就不晓得这一招。西药房里敢情也打价钱，不等他开口，我就提出："还是四毛五？"这个"还是"使我省五分钱，而且落个行家。这又是一招。找老妈子有作坊，当票儿到期还可以入利延期，也都被我学会。没工夫细想，大概自从有了儿女以后，我所得的经验至少比一张大学文凭所能给我的多着许多。大学文凭是由课本里掏出来的，现在我却念着一本活书，没有头儿。

连我自己的身体现在都会变形，经小孩们的指挥，我得去装马装牛，还须装得像个样儿。不但装牛像牛，我也学会牛的忍性，小胖子觉得"开步走"有意思，我就得百走不厌；只做一回，绝对不行。多咱他改了主意，多咱我才能"立正"。在这里，我体验出母性的伟大，觉得打老婆的人们满该下狱。

中秋节前来了个老道，不要米，不要钱，只问有小孩没有？看见了小胖子，老道高了兴，说十四那天早晨须给小胖子左腕上系一根红线。备清水一碗，烧高香三炷，

216

必能消灾除难。右邻家的老太太也出来看，老道问她有小孩没有，她惨淡地摇了摇头。到了十四那天，倒是这位老太太的提醒，小胖子的左腕上才拴了一圈红线。小孩子征服了老道与邻家老太太。一看胖手腕的红线，我觉得比写完一本伟大的作品还骄傲，于是上街买了两尊兔子王，感到老道，红线，兔子王，都有绝大的意义！

黄昏的观前街

郑振铎

我刚从某一个大都市归来。那一个大都市，说得漂亮些，是乡村的气息较多于城市的。它比城市多了些乡野的荒凉况味，比乡村却又少了些质朴自然的风趣。疏疏的几簇住宅，到处是绿油油的菜圃，是蓬蒿没膝的废园，是池塘半绕的空场，是已生了荒草的瓦砾堆。晚间更是凄凉。太阳刚刚西下，街上的行人便已"寥若晨星"。在街灯如豆的黄光之下，踽踽地独行着，瘦影显得更长了，足音也格外的寂寥。远处野犬，如豹的狂吠着。黑衣的警察，幽灵似的扶枪立着。在前面的重要区域里，仿佛有"站住！""口号！"的呼叱声。我假如是喜欢都市生活的话，我真不会喜欢到这个地方；我假如是喜欢乡间生活的话，我也不会喜欢到这个所在。我的天！还是趁早走了吧。（不仅是"浩然"，简直是"凛然有归志"了！）

归程经过苏州，想要下去，终于因为舍不得抛弃了车票上的未用尽的一段路资，蹉跎地被火车带过去了。归后不到三天，长个子的樊与矮而美髯的孙，却又拖了我逛苏州去。早知道有这一趟走，还不中途而下，来得便利吗？

我的太太是最厌恶苏州的，她说舒舒服服地坐在车上，走不了几步，却又要下车过桥了。我也未见得十分喜欢苏州；一来是，走了几趟都买不到什么好书，二来是，住在阊门外，太像上海，而又没有上海的繁华。但这一次，我因为要换换花样，却拖他们住到城里去。不料竟因此而得到了一次永远不曾领略到的苏州景色。

我们跑了几家书铺，天色已经渐渐地黑下来了，樊说，"我们找一个地方吃饭吧"。饭馆里是那么样的拥挤，走了两三家，才得到了一张空桌。街上已上了灯。楼窗的外面，行人也是那么样的拥挤。没有一盏灯光不照到几堆子人的，影子也不落在地上，而落在人的身上。我不禁想起了某一个大城市的荒凉情景，说道，"这才可算是一个都市！"

219

这条街是苏州城繁华的中心的观前街。玄妙观是到过苏州的人没有一个不熟悉的；那么粗俗的一个所在，未必有胜于北平的隆福寺，南京的夫子庙，扬州的教场。观前街也是一条到过苏州的人没有一个不曾经过的；那么狭小的一道街，三个人并列走着，便可以不让旁的人走，再加之以没头苍蝇似的乱攒而前的人力车，或箩或桶的一担担的水与蔬菜，混合成了一个道地的中国式的小城市的拥挤与纷乱无秩序的情形。

　　然而，这一个黄昏时候的观前街，却与白昼大殊。我们在这条街上舒适地散着步，男人，女人，小孩子，老年人，摩肩接踵而过，却不喧哗，也不推拥。我所得的苏州印象，这一次可说是最好。——从前不曾于黄昏时候在观前街散步过。半里多长的一条古式的石板街道，半部车子也没有，你可以安安稳稳地在街心踱方步。灯光耀耀煌煌的，铜的，布的，黑漆金字的市招，密簇簇地排列在你的头上，一举手便可触到了几块。茶食店里的玻璃匣，亮晶晶地在繁灯之下发光，照得匣内的茶食通明地映入行人眼里，似欲伸手招致他们去买几色苏制的糖食带回去。野味店的山鸡野兔，已烹制的，或尚带着皮毛的，都一串一挂地悬在你的眼前——就在你的眼前，那香味直扑到你的鼻上。你在那里，走着，走着。你如走在一所游艺园中。你如在暮春三月，迎神赛会的当儿，挤在人群里，跟着他们跑，兴奋而感到浓趣。你如在你的少小时，大人们在做寿，或娶亲，地上铺着花毯，天上张着锦幔，长随打杂老妈丫头，客人的孩子们，全都穿戴着崭新的衣帽，穿梭似的进进出出，而你在其间，随意地玩耍，随意地奔跑。你白天觉得这条街狭小，在这时，你，才觉这条街狭小得妙。她将你紧压住了，如夜间将自己的手放在心头，做了很刺激的梦；她将你紧紧地拥抱住了，如一个爱人身体的热情的拥抱；她将所有的宝藏，所有的繁华，所有的可引动人的东西，都陈列在你的面前，即在你的眼下，相去不到三尺左右，而别用一种黄昏的灯纱笼罩了起来，使它们更显得隐约而动情，如一位对窗里面的美人，如一位躲于绿帘后的少女。她假如也像别的都市的街道那样的开朗阔大，那么，你便将永远感觉不到这种亲切的繁华的况味，你便将永远受不到这种紧紧地箍压于你的全身，你的全心的燠暖而温馥的情趣了。你平常觉得这条街闲人太多，过于拥挤，在这时却正显得人多的好处。你看人，人也看你；你的左边是一位时装的小姐，你的右边是几位随了丈夫父亲上城的乡姑，你的前面是一二位步履维艰的道地的苏州老，一二位尖帽薄履的苏式少年，你偶然回过头来，你的眼光却正碰在一位容光射人，衣饰过丽的少奶奶的身上。你的团团转转都是人，都是无关系的无关心的最驯良的人，你可以舒舒适适地踱着方步，一点也不用担心什么。这里没有乘机的偷盗，没有诱人入魔窟的"指导者"，也没有什么电掣风驰，左冲右撞的一切车子。每一个人都是那么安闲地散步着，川流不息地在走，肩摩接踵地在走，他们永不会猛撞着你身上而过。他们是走得那么安闲，那么小心。你假如偶然过于大意地撞了人，或踏了人的足——那是极不经见的事！他们抬眼望了望你，你对他们点点头，表示歉意，也就算了。大家都感到一种的亲切，一种的无损害，一种的无忧无虑的生活；大家都似躲在一个乐园中，在明月之下，绿林之间，优闲地微步着，忘记了园外的一切。

那么鳞鳞比比的店房，那么密密接接的市招，那么耀耀煌煌的灯光，那么狭狭小小的街道，竟使你抬起头来，看不见明月，看不见星光，看不见一丝一毫的黑暗的夜天。她使你不知道黑暗，她使你忘记了这是夜间。啊，这样的一个"不夜之城"！

　　"不夜之城"的巴黎，"不夜之城"的伦敦，你如果要看，你且去歌剧院左近走着，你且去辟加德莱圈散步，准保你不会有一刻半秒的安逸；你得时时刻刻地担心，时时刻刻地提防着，大都市的灾害，是那么多。每个人都是匆匆地走马灯似的向前走，你也得匆匆地走；每个人都是紧张着矜持着，你也自然得会紧张着，矜持着。你假如走惯了黄昏时候的观前街，你在那里准得要吃大苦头，除非你已将老脾气改得一干二净。你假如为店铺的窗中的陈列品所迷住了，譬如说，你要站住了仔仔细细地看一下，你准得要和后面的人猛碰一下，他必定要诧异地望了望你，虽然嘴里说的是"对不起"。你也得说，"对不起"，然而你也饱受了他，以至他们的眼光的奚落。你如走到了歌剧院的阶前，你如走到了那尔逊的像下，你将见斗大的一个个市招或广告牌，闪闪在放光；一片的灯火，映射着半个天空红红的。然而那里却是如此的开朗敞阔，建筑物又是那么的宏伟，人虽拥挤，却是那样的藐小可怜，Taxi 和 Bus 也如小甲虫似的，如红蚁似的在一连串地走着。大半个天空是黑漆漆的，几颗星在冷冷地睒着眼看人。大都市的荣华终敌不住黑夜的侵袭。你在那里，立了一会，只要一会，你便将完全地领受到夜的凄凉了。

像观前街那样的燠暖温馥之感，你是永远得不到的，你在那里是孤零的，是寂寞的，算不定会有什么飞灾横祸光临到你身上，假如你要一个不小心。像在观前街的那么舒适无虑的亲切的感觉，你也是永远不会得到的。

有观前街的燠暖温馥与亲切之感的大都市，我只见到了一个委尼司；即在委尼司的 St. Mark 方场的左近。那里也是充满了闲人，充满了紧压在你身上的燠暖的情趣的；街道也是那么狭小，也许更要狭，行人也是那么拥挤，也许更要拥挤，灯光也是那么辉辉煌煌的，也许更要辉煌。有人口口声声地称呼苏州为东方的委尼司；别的地方，我看不出，别的时候，我看不出，在黄昏时候的观前街，我却深切地感到了。——虽然观前街少了那么弘丽的 Piazza of St. Mark，少了那么轻妙的此奏彼息的乐队。

家庭教师

萧红

二十元票子，使他做了家庭教师。

这是第一天，他起得很早，并且脸上也像愉悦了些。我欢喜地跑到过道去倒脸水。心中埋藏不住这些愉快，使我一面折着被子，一面嘴里任意唱着什么歌的句子。而后坐到床沿，两腿轻轻地跳动，单衫的衣角在腿下抖荡。我又跑出门外，看了几次那个提篮卖面包的人，我想他应该吃些点心吧，八点钟他要去教书，天寒，衣单，又空着肚子，那是不行的。

但是还不见那提着膨胀的篮子的人来到过道。

郎华做了家庭教师，大概他自己想也应该吃了。当我下楼时，他就自己在买，长形的大提篮已经摆在我们房间的门口。他仿佛是一个大蝎虎样，贪婪地，为着他

225

的食欲，从篮子里往外捉取着面包、圆形的点心和"列巴圈"，他强健的两臂，好像要把整个篮子抱到房间里才能满足。最后他会过钱，下了最大的决心，舍弃了篮子，跑回房中来吃。

还不到八点钟，他就走了。九点钟刚过，他就回来。下午太阳快落时，他又去一次，一个钟头又回来。他已经慌慌忙忙像是生活有了意义似的。当他回来时，他带回一个小包袱，他说那是才从当铺取出的从前他当过的两件衣裳。他很有兴致地把一件夹袍从包袱里解出来，还有一件小毛衣。

"你穿我的夹袍，我穿毛衣。"他吩咐着。

于是两个人各自赶快穿上。他的毛衣很合适。唯有我穿着他的夹袍，两只脚使我自己看不见，手被袖口吞没去，宽大的袖口，使我忽然感到我的肩膀一边挂好一个口袋，就是这样，我觉得很合适，很满足。

电灯照耀着满城市的人家。钞票带在我的衣袋里，就这样，两个人理直气壮地走在街上，穿过电车道，穿过扰攘着的那条破街。

一扇破碎的玻璃门，上面封了纸片，郎华拉开它，并且回头向我说："很好的小饭馆，洋车夫和一切工人全都在这里吃饭。"

我跟着进去。里面摆着三张大桌子。我有点看不惯，好几部分食客都挤在一张桌上。屋子几乎要转不过来身。我想，让我坐在哪里呢？三张桌子都是满满的人。我在袖口外面捏了一下郎华的手说："一张空桌也没有，怎么吃？"

他说："在这里吃饭是随随便便的，有空就坐。"他比我自然得多，接着，他把帽子挂到墙壁上。堂倌走来，用他拿在手中已经擦满油腻的布巾抹了一下桌角，同时向旁边正在吃的那个人说："借光，借光。"

就这样，郎华坐在长板凳上那个人剩下来的一头。至于我呢，堂倌把掌柜独坐的那个圆板凳搬来，占据着大桌子的一头。我们好像存在也可以，不存在也可以似的。不一会，小小的菜碟摆上来。我看到一个小圆木砧上堆着煮熟的肉，郎华跑过去，向着木砧说了一声："切半角钱的猪头肉。"

那个人把刀在围裙上，在那块脏布上抹了一下，熟练地挥动着刀在切肉。我想：他怎么知道那叫猪头肉呢？很快地我吃到猪头肉了。后来我又看见火炉上煮着一个大锅，我想要知道这锅里到底盛的是什么，然而当时我不敢，不好意思站起来满屋摆荡。

"你去看看吧。"

"那没有什么好吃的。"郎华一面去看，一面说。

正相反，锅虽然满挂着油腻，里面却是肉丸子。掌柜连忙说："来一碗吧？"

我们没有立刻回答。掌柜又连忙说："味道很好哩。"

我们怕的倒不是味道好不好，既然是肉的，一定要多花钱吧！我们面前摆了五六个小碟子，觉得菜已经够了。他看看我，我看看他。

"这么多菜，还是不要肉丸子吧。"我说。

"肉丸还带汤。"我看他说这话，是愿意了，那么吃吧。一决心，肉丸子就端上来。

破玻璃门边，来来往往有人进出。戴破皮帽子的，穿破皮袄的，还有满身红绿的油匠，长胡子的老油匠，十二三岁尖嗓子的小油匠。

脚下有点潮湿得难过了。可是门仍不住地开关，人们仍是来来往往。一个岁数大一点的妇人，抱着孩子在门外乞讨，仅仅在人们开门时她说一声："可怜可怜吧！给小孩点吃的吧！"然而她从不动手推门。后来大概她等到时间太长了，就跟着人们进来，停在门口，她还不敢把门关上，表示出她一得到什么东西很快就走的样子。忽然全屋充满了冷空气。郎华拿馒头正要给她，掌柜的摆着手："多得很，给不得。"

靠门的那个食客强关了门，已经把她赶出去了，并且说："真她妈的，冷死人，开着门还行！"

不知哪一个发了这一声："她是个老婆子，你把她推出去。若是个大姑娘，不抱住她，你也得多看她两眼。"

全屋人差不多都笑了，我却听不惯这话，我非常恼怒。

郎华为着猪头肉喝了一小壶酒，我也帮着喝。同桌的那个人只吃咸菜，喝稀饭，他结账时还不到一角钱。接着我们也结账：小菜每碟二分，五碟小菜，半角钱猪头肉，半角钱烧酒，丸子汤八分，外加八个大馒头。

走出饭馆，使人吃惊，冷空气立刻裹紧全身，高空闪烁着繁星。我们奔向有电车经过叮叮响的那条街口。

"吃饱没有？"他问。

"饱了。"我答。

经过街口卖零食的小亭子，我买了两纸包糖，我一块，他一块，一面上楼，一面吮着糖的滋味。

"你真像个大口袋。"他吃饱了以后才向我说。

同时我打量着他，也非常不像样。在楼下大镜子前面，两个人照了好久。他的帽子仅仅扣住前额，后脑勺被忘记似的，离得帽子老远老远地独立着。很大的头，顶个小卷檐帽，最不相宜的就是这个小卷檐帽，在头顶上看起来十分不牢固，好像乌鸦落在房顶，有随时飞走的可能。别人送给他的那身学生服短而且宽。

　　走进房间，像两个大孩子似的，互相比着舌头，他吃的是红色的糖块，所以是红舌头，我是绿舌头。比完舌头之后，他忧愁起来，指甲在桌面上不住地敲响。

　　"你看，我当家庭教师有多么不带劲！来来往往冻得和个小叫花子似的。"

　　当他说话时，在桌上敲着的那只手的袖口，已是破了，拖着线条。我想破了倒不要紧，可是冷怎么受呢？

　　长久的时间静默着，灯光照在两人脸上，也不跳动一下，我说要给他缝缝袖口，明天要买针线。说到袖口，他警觉一般看一下袖口，脸上立刻浮现着幻想，并且嘴唇微微张开，不太自然似的，又不说什么。

　　关了灯，月光照在窗外，反映得全室微白。两人扯着一张被子，头下破书当作枕头。隔壁手风琴又咿咿呀呀地在诉说生之苦乐。乐器伴着他，他慢慢打开他幽禁的心灵了：

"敏子，……这是敏子姑娘给我缝的。可是过去了，过去了就没有什么意义。我对你说过，那时候我疯狂了。直到最末一次信来，才算结束，结束就是说从那时起她不再给我来信了。这样意外的，相信也不能相信的事情，弄得我昏迷了许多日子……以前许多信都是写着爱我……甚至于说非爱我不可。最末一次信却骂起我来，直到现在我还不相信，可是事实是那样……"

他起来去拿毛衣给我看，"你看过桃色的线……是她缝的……敏子缝的……"

又灭了灯，隔壁的手风琴仍不停止。在说话里边他叫那个名字"敏子，敏子"，都是喉头发着水声。

"很好看的，小眼眉很黑……嘴唇很……很红啊！"说到恰好的时候，在被子里边他紧紧捏了我一下手。我想：我又不是她。

"嘴唇通红通红……啊……"他仍说下去。

马蹄打在街石上嗒嗒响声。每个院落在想象中也都睡去。

善言

梁遇春

　　曾子说："人之将死，其言也善。"真的，人们糊里糊涂过了一生，到将瞑目时候，常常冲口说出一两句极通达的，含有诗意的妙话。歌德以为小孩初生下来时的呱呱一声是天上人间至妙的声音，我看弥留的模糊呓语有时会同样地值得领味。前天买了一本梁巨川先生遗笔，夜里灯下读去，看到绝命书最后一句话是"不完亦完"，掩卷之后大有"为之掩卷"之意。

　　宇宙这样子"大江流日夜"地不断地演进下去，真是永无完期，就说宇宙毁灭了，那也不过是它的演进里一个过程吧。仔细看起来，宇宙里万事万物无一不是永逝不回，岂单是少女的红颜而已。人们都说花有重开日，人无再少年，可是今年欣欣向荣的万朵娇红绝不是去年那一万朵。若使只要今年的花儿同去年的一样热闹，就可以算去年的花是青春长存，那么世上岂不是无时无刻都有那么多的少年少女，又何取乎惋惜。此刻的宇宙再过多少年后会完全换个面目，那么这个宇宙岂不是毁灭了吗？所谓生长也就是灭亡的意思，因为已非那么一回事了。十岁的我与现在的我是全异其趣的，那么我也可以说已经夭折了。宗教家斤斤于世界末日之说，实在世界任一日都是末日。入世的圣人虽然看得透这两面道理，却只微笑地说"生生之谓易"，这也是中国人晓得凑趣的地方。但是我却觉得把死死这方面也揭破，看清这里面的玲珑玩意儿，却更妙得多。晓得了我们天天都是死过去了，那么也懒得去干自杀这件麻烦的勾当了。那时我们做人就达到了吃鸡蛋的禅师和喝酒的鲁智深的地步了。多么大方呀，向普天下善男信女唱个大喏！

这些话并不是劝人们袖手不做事业，天下真真做出事情的人们都是知其不可而为之。诸葛亮心里恐怕是雪亮的，也晓得他总弄不出玩意来，然而他却肯"鞠躬尽瘁，死而后已"。这叫作"做人"。若使你觉无事此静坐是最值得干的事情，那也何妨做了一生的因是子，就是没有面壁也是可以的。总之，天下事不完亦完，完亦不完，顺着自己的心情在这个梦梦的世界去建筑起一个梦的宫殿吧，的确一天也该运些砖头，明眼人无往而不自得，就是因为他知道天下事无一值得执着的，可是高僧也喜欢拿一串数珠，否则他们就是草草此生了。

一种默契

夏丏尊

　　走到街上去，差不多每一条马路上可以见到"关店在即拍卖底货"的商店。这些商店之中，有的果然不久就关门了，有的老是不关门，隔几个月去看，玻璃窗上还是贴着"关店在即拍卖底货"的红纸，无线电收音机在嘈杂地响。

　　商店号召顾客的策略，向来是用"开幕""几周年纪念""春季""秋季"或"冬至"等的美名来做廉价的借口的，现在居然用"关店"的恶名来做幌子了。有的竟异想天开，并不关店，也假冒着"关店"的恶名。最近在报上看见一家皮货铺的"关店大贱卖"的大幅广告，后面还登着某律师代表该皮货铺清算的启事。这大概因为恐怕别人不信他们的关店是真正的关店，所以再附一个律师代表清算的广告，表明他们真是要关店了，并不假冒。

在上海，关店门寻常叫作"打烊"，如果你对某商店的人问："你们晚上几点钟关店门？"那店里的人就会怪你不识相，说不定会给你吃一记耳光。凡是老上海，都懂得这规矩，不说"你们晚上几点钟关店门"，改说"你们晚上几点钟打烊"，因为"关店"是不吉利的话。这一向讨人厌恶的"关店"，现在居然时髦起来了，关店的坦白地自己声明"关店"，不关店的也要借了"关店"来号召，甚至还有怕别人不肯相信，在"关店"广告上叫律师来代表清算，证明关店之实。商业上一向怕提的"关店"一语，到今日差不多已和废历除夕所贴的"关门大吉"一样，是吉祥的用语了。这一个月来，我们日日可以在报上看到关店的广告，有银行，有钱庄，有公司，有各式各样的店。他们所说的话千篇一律是"本店受市面不景气的影响，以致周转不灵……"的一套。说的人态度很坦然，毫不难为情，我们看的人也认为很寻常，觉得并无什么不该。似乎彼此之间，已自然而然地发生了一种的默契了。

这默契如果伸说起来，范围实在可以扩充得很广。大学生毕业了没事做，社会上认为当然，本人也不觉得有什么可怪。工人商人突然失业了，亲友爱莫能助，本人也觉得无可如何，只好换了饿来忍耐。房租好几个月付不出，住户及邻居都认为常事，房东虽不快，近来也只能迁就，到了公堂上，法官因市面不好，也竟无法作严厉的判断。穷困，走投无路，已成为现在的实况，彼此因了境况相似和事实明显，成就了一种默契。从来的道德、习惯等等，在这默契之下，恐将不能再维持它的本来面目了。

再过几时，也许"穷""苦"等可憎的话，会转成时髦漂亮的称谓呢。

乌篷船

周作人

子荣君：

　　接到手书，知道你要到我的故乡去，叫我给你一点什么指导。老实说，我的故乡，真正觉得可怀恋的地方，并不是那里；但是因为在那里生长，住过十多年，究竟知道一点情形，所以写这一封信告诉你。

　　我所要告诉你的，并不是那里的风土人情，那是写不尽的，但是你到那里一看也就会明白的，不必啰唆地多讲。我要说的是一种很有趣的东西，这便是船。你在家乡平常总坐人力车，电车，或是汽车，但在我的故乡那里这些都没有，除了在城内或山上是用轿子以外，普通代步都是用船。船有两种，普通坐的都是"乌篷船"，白篷的大抵作航船用，坐夜航船到西陵去也有特别的风趣，但是你总不便坐，所以我也就可以不说了。乌篷船大的为"四明瓦"（Sy-menngoa），小的为脚划船（划读如 uoa）亦称小船。但是最适用的还是在这中间的"三道"，亦即三明瓦。篷是半圆形的，用竹片编成，中夹竹箬，上涂黑油；在两扇"定篷"之间放着一扇遮阳，也是半圆的，木作格子，嵌着一片片的小鱼鳞，径约一寸，颇有点透明，略似玻璃而坚韧耐用，这就称为明瓦。三明瓦者，谓其中舱有两道，后舱有一道明瓦也。船尾用橹，大抵两支，船首有竹篙，用以定船。船头着眉目，状如老虎，但似在微笑，颇滑稽而不可怕，唯白篷船则无之。三道船篷之高大约可以使你直立，舱宽可以放下一顶方桌，四个人坐着打马将，——这个恐怕你也已学会了吧？小船则真是一叶扁舟，你坐在船底席上，篷顶离你的头有两三寸，你的两手可以搁在左右的舷上，还把手都露出在外边。在这种船里仿佛是在水面上坐，靠近田岸去时泥土便和你的眼鼻接近，而且遇着风浪，或是坐得稍不小心，就会船底朝天，发生危险，但是也颇有趣味，是水乡的一种特色。不过你总可以不必去坐，最好还是坐那三道船吧。

你如坐船出去，可是不能像坐电车的那样性急，立刻

239

盼望走到。倘若出城，走三四十里路，（我们那里的里程是很短，一里才及英里三分之一，）来回总要预备一天。你坐在船上，应该是游山的态度，看看四周物色，随处可见的山，岸旁的乌桕，河边的红蓼和白蘋，渔舍，各式各样的桥，困倦的时候睡在舱中拿出随笔来看，或者冲一碗清茶喝喝。偏门外的鉴湖一带，贺家池，壶觞左近，我都是喜欢的，或者往娄公埠骑驴去游兰亭，（但我劝你还是步行，骑驴或者于你不很相宜，）到得暮色苍然的时候进城上都挂着薜荔的东门来，倒是颇有趣味的事。倘若路上不平静，你往杭州去时可于下午开船，黄昏时候的景色正最好看，只可惜这一带地方的名字我都忘记了。夜间睡在舱中，听水声橹声，来往船只的招呼声，以及乡间的犬吠鸡鸣，也都很有意思。雇一只船到乡下去看庙戏，可以了解中国旧戏的真趣味，而且在船上行动自如，要看就看，要睡就睡，要喝酒就喝酒，我觉得也可以算是理想的行乐法。只可惜讲维新以来这些演剧与迎会都已禁止，中产阶级的低能人别在"布业会馆"等处建起"海式"的戏场来，请大家买票看上海的猫儿戏。这些地方你千万不要去。——你到我那故乡，恐怕没有一个人认得，我又因为在教书不能陪你去玩，坐夜船，谈闲天，实在抱歉而且惆怅。川岛君夫妇现在偶山下，本来可以给你绍介，但是你到那里的时候他们恐怕已经离开故乡了。初寒，善自珍重，不尽。

厨子的学校

王统照

你们以为这个题目太新奇吗？是的，我也觉得如此。我们知道在中国的女子学校里有烹饪一门功课，无非是照例的公事。做饭还要值得费精神去学吗？不必说男子是有诸多事情要干的，即是女子也认为这等学为"贤妻良母"的课程多无聊！况且人而学到做饭，洗菜，下厨房，仿佛是人生最没出息的事了。虽然古有易牙以调味知名，那不过是齐侯的弄臣，至今只有司务师傅们去祭拜他奉为祖师，在所谓士大夫们的口中借他的大名掉掉文而已。

然而伦敦却居然有厨子学校，而且布置得十分堂皇。它的校长还特为招待客人尝试学生们的割肉，调味的手段，不但不视为贱役，并且要学法文、学物理化学等等课程，好造成现代的西方式的易牙。

题目是我起的，其实他们这所学校总名为威司敏司德专门技术学院，内分艺术科，土木工学与构造工学科，瓦斯工学科，建筑科，（包含测量估价等）另一部分便是旅馆饭店的专科学校了。各部分暂时不能一一详述，单选这最别致而比较少见的一部，把他们的学科，实习的种种情形写在下面。

据其校长郎博士（Dr. Long）讲，在伦敦这样的学校还不多。为什么他们特为设此班次？并不是专为吃好菜，更不是为得好玩，他们的校长开始有这样的话：

"现在的疑问，一年比一年难于答复的是：我们怎样给我们的孩子们想法子。"竞争变为过度的尖锐化，在许多职业中可以达到成功者是要有手艺的最高级，并且得经过科学的训练。所以明达的父母们在为他们的孩子们决定一种事业以前，须加意想想在职业的一切道路上有可能性的。

为的易于谋利职业，又为使烹饪科学化，他们创办了这个学校。自然在这里没有什么人生观，什么主义，理想，什么争斗的理论。这所学院，其目的原为使各个学生俱受过某种专科的教育，出外容易谋生。学烹饪的技术也是为解决生计。

243

他们的教务长——一个卷腮胡，红脸孔，大肚子的先生——领着我们到课堂中去细看。这真是有趣味的功课，鲜嫩的番茄，豆荚，黄瓜，与诸种菜蔬如何切，如何叠，如何调味；生鱼一条条地在木板上，挑刺，去鳞；怎样做成种种吃法的小点心，卷皮，加油，包馅；甜食的花样更多；各种水果变成清汁；牛乳，糖，香料如何调制。分开部分，各自按时间去办。你们不要以为那是很容易的事，真讲究起来也颇费手。譬如中国菜不是分许多种类与许多地方的做法式样吗？

生火是分烧瓦斯与煤炭两部，许多穿白衣，戴白高帽的青年在熊熊的炉火旁边烧饭，若不是有人说明，想不到这是在一所学校里面。

当我们看到做甜食的一部，有个学生只是用手指将馅子动了一下，这位教务长立刻予以纠正。虽是小事，可见他们的认真。

每个学生每学期交学费二镑，一年三学期共六镑。这个数目，在国内等于大学生的一年的学费，然而比例起来在英国的中等学校中算是缴费很轻的了。至于正式大学生，一年的学费都是几十镑呢。

学生入学的年纪以十四五岁为标准，但稍大者亦可。

其掌厨部的课目：烹饪实习十七点，烹饪理论四点，英文五点，算术三点，法文五点，物理实验两点，（皆每周的数目。）从礼拜一到礼拜五早九点至午五点半，除去午饭的一小时外，皆有功课。

第二部是饭店训练班，两年毕业。学生年龄的限制与掌厨班一样。功课是侍务实习十二点，食单理论五点，烹饪两点，英文与商业地理三点，会计两点，簿记两点，法文三点，西班牙与德文两点半，物理实验两点半，（每礼拜的数目。）上课时间与第一部同。

这学校中的两部分俱尽力用现代的设备，有冷藏室，肉类室，两个厨房与面类发酵室，食物室与用具储藏库，体操场与学生食堂，还有洗浴室，与分类的各库，有公共食堂，是预备全学院中的职教员，学生与外来人吃饭用的。第一年级的学生即以此为实习地。

除却正式学生之外，还有专为成年妇女们设的日班，授以烹饪的相当知识，可任家庭中的此项事务。另有旅馆掌厨班，全在下午两点到五点半，每学期收费一镑。学生卒业后持有学校证书易于谋到相宜的职业。

夜班是为成年男女补习烹饪而设的，每晚六点到八点。十二个礼拜作一学期。所授课程学生可随意选习，三学期卒业。

连正班学生合算在内，入校不须笔试，但须先经校长审查合格许可后方能入校。

有人看到此处，当然要说，这不是奴隶养成所吗？那么，我们也可开办黄包车夫训练班，倒垃圾的实习所了。这不明明是教导孩子去服侍人？讲什么人类平等与打破阶级观念！——是的，我起初也这样想；厨子不过做菜还可以说得过去，至于训练好好的小孩子怎样送盘，推杯，要酒，要菜，西方人之无聊，会享清福，资本势力下的花样实在够瞧。但又一想每个人在社会中若不能自己勤劳，一切织布，做鞋，哪样事不需别人帮忙？横竖无论什么样的人必须互助，在社会中方能站得住。自然，吃饭要人伺候与人类平等的观念似是说不过去，然而如果一天达不到人类的真正平等，社会上如何能够立时废除这种畸形的制度？

西洋对于这类职业并不认为都是贱役。自然，他们在社会上的地位不及官吏，大学教授，新闻记者，律师，医生，然而这在多难的人类社会中向哪里去找，去抢，去用许多金钱弄到那些好地位？他们认为出劳力与手艺谋生，是凭自己的天赋力量与技能找职业，并非是专门给阔人们寻开心，当奴隶。"作工"，这个意义恰等于国内时髦名词叫作"工作"，绝不是"小人者役于人"的解释。谈到这里，我有点附带说明，就当我与友人下了公共汽车往这所学院去的时候，路不熟，向街头的一位老工人问路。承他好意领导了我们一程。道中他对我们说："现在是失业了，"很牢骚，同时他从衣袋中将工人救济会发给他的维持生活费的凭单给我们看，并且指着其中的印花说：每礼拜可持此支几个先令，不过他的希望并不在此。因为一天无工可做，收入是当然少了；这么闲着力气，支维持费，他更不高兴，这是如何不同的观念！如在国内怕不是如此吧？又类如理发匠，中国向来是认为不是高等的职业，然而在英伦——不止此处——却认为是比较好的职业。饭馆侍者就名义上事实上讲自然是替别人服务的，不过他们却不以为是没出息，奴隶的职业。现在还没有社会组织的根本改革，西方东方都一样还是有不平等的人类生活。如果说凡是这类的事情完全不要，我们要有我们的最高理想的社会制度，对呀，但那只是思想家或革命家去倡导去实行，如果一时办不到，而一般人还是得想法子吃饭，这就不能说为一般人谋一时的生计是绝对要不得的事。何况我们就事论事，他们——西方人眼光中

247

的大司务与侍者并不与国内的达官，贵人，少爷们的看法相同。

不必过于跑野马了，社会制度是一个大问题，而生计困难也是现代没曾好好解决的大事，我绝不想去替守旧的英国人做辩护，更不希望中国也来创办这样的学校——我们需要的技术学校多呢，数上二十样也数不到这两种！

我只是说他们的实在情形而已。

再回到本题。

所有一切应用的材料全由校中供给，学生须自备衣服，与厨房中各人用的小器具。午饭三器，学生吃一顿只付铜板三枚，这在伦敦是不可能的贱值。如在外面，三个铜板只可买两个面包而已，物理实习他们以为是重要课目之一，学生须自备抽水筒，实习用的衣服。

学校中有游泳池与游戏场，平日专供学生用的，夏天游客去者亦可借用。

清洁与秩序都令人十分赞美。类如冷藏室，洗濯室，化验室，无不俱备。其物理实习室的外面玻璃橱中罗列着许多小瓶，内里分类盛着厨房用的材料；如胡椒，芥末，面类，香料等，以备学生辨识与化验，其教室（专指教理论课目的）也与各大学的教室一样，并不寒碜。

自然这等学校是资本主义国家的产物，然而中国倒还
没有完全走上英国资本主义的阶级，而贵贱贫富的观念在
社会中比英国的社会也许还厉害点。不见"大人"们的
颐指气使，"小人"们的奴颜婢膝，"万般皆下品，唯有读
书高，""满朝朱紫贵，尽是读书人"。这些士大夫的观念
至今还弥漫于一般人的心中。（英国贵贱的阶级观念自有
其历史的政治的背景，不能说是资本主义的作祟。不过
贫富悬殊，及于一般人的生计问题，这是从十九世纪以来
日趋严重的实情。）

我们天天吵着要平等，要自由，这模糊难于解答的名
词使人人憧憬，想望，而现社会的情况却一天天与之相
反。就阶级观念一端而言，我敢确说中国社会比英国社
会还重些。

看过这个学院的一部分之后，使我想到英国人处处科
学化的精神，一方又想着这苦难的人类社会，失业易而谋
业难，未来的改革究竟要走哪一条大道？

我没有这点希望，希望中国也模仿人家办此等迂阔可
笑（就中国说）的学校，然而要用物质建设救中国，却需
要专门的技术人才。只有高深技术的理论家谈理析思是
不成的；治水，造房，修路，制造种种物品，有科学的脑

筋，熟练的手艺，方能措置裕如。中国人长于空想，短于实验，是的，我也是这样的人群中的一个。但无论如何，将来的中国变到哪一步，这等人才的需要却是事实。现代，机器与人生简直是分不开，无论你是如何不高兴它，事实摆在眼前，哪能容你不管。所以科学化，科学的精神与科学的设备，在学校中，尤为重要。——自然我们还不需要这样做饭的学校。

这所学校的制度如何另是一端，单讲其设备与办法，所谓科学化，实可当之无愧。做一种小点心要从材料上做化学的试验，用瓦斯炉须研究物理的功能，从小事做起，从细处用思，不怕麻烦，不以为不足道，正与中国人好大喜功，清谈阔步的态度相反。

这是参观过这所特别学校的一点感想，下一次我另有一个题目，是《工人与建筑师》。

风飘果市香

张恨水

"已凉天气未寒时"，这句话用在江南于今都嫌过早，只有北平的中秋天气，乃是恰合。我于北平中秋的赏识，有些出人意外，乃是根据"老妈妈大会""奶奶经"而来，喜欢夜逛"果子市"。逛果子市的兴趣，第一就是"已凉天气未寒时"。第二是找诗意。第三是"起哄"。第四是"踏月"。直到第五，才是买水果。你愿意让我报告一下吗？

果子市并不专指哪个地方，东单（东单牌楼之简称，下仿此）、西单、东四、西四。东四的隆福寺、西四的白塔寺、北城的新街口、南城的菜市口，临时会有果子市出现。早在阴历十三的那天晚半晌儿，果子摊儿就在这些地方出现了。吃过晚饭，孩子们就嚷着要逛果子市。这

251

事交给他们姥姥或妈妈吧。我们还有三个斗方名士（其实很少写斗方），或穿哔叽西服，或穿薄呢长袍，在微微的西风敲打院子里树叶声中，走出了大门。胡同里的人家白粉墙上涂上了月光，先觉得身心上有一番轻松意味，顺步遛到最近一个果子市，远远地就嗅到一片清芬（仿佛用清香两字都不妥似的）。到了附近，小贩将长短竹竿儿，挑出两三个不带罩子的电灯泡儿，高高低低，好像在街店屋檐外，挂了许多水晶球，一片雪亮。在这电光下面，青中透白的鸭儿梨，堆山似的，放在摊案上。红嘎嘎枣儿，紫的玫瑰葡萄，淡青的牛乳葡萄，用箩筐盛满了，沿街放着。苹果是比较珍贵一点儿的水果，像擦了胭脂的胖娃娃脸蛋子，堆成各种样式，放在蓝布面的桌案上。石榴熟得笑破了口，露出带醉的水晶牙齿，也成堆放在那里。其余是虎拉车（大花红）、山里红（山楂）、海棠果儿，左一簸箕，右一筐子。一堆接着一堆，摆了半里多路。老太太、少奶奶、小姐、孩子们，成群地绕了这些水果摊子，人挤有点儿，但并不嘈杂，因为根本这是轻松的市场。大半边月亮在头上照着，不大的风吹动了女人的鬓发。大家在这环境里斯斯文文地挑水果，小贩子冲着人直乐，很客气地说："这梨又脆又甜，你不称上点儿?"我疑心在君子国。

哪里来的这一阵浓香，我想。呵！上风头，有个花摊子，电灯下一根横索，成串地挂了紫碧葡萄还带了绿叶儿，下面一只水桶，放了成捆的晚香玉和玉簪花，也有些五色马蹄莲。另一只桶，飘上两片嫩荷叶，放着成捆的嫩香莲和红白莲花，最可爱的是一条条的藕，又白又肥，色调配得那样好看。

十点钟了，提了几个大鲜荷叶包儿回去。胡同里月已当顶，土地上像铺了水银。人家院墙里伸出来的树头，留下一丛丛的轻影，面上有点凉飕飕，但身上并不冷。胡同里很少行人，自己听到自己的脚步响，吁吁呜呜，不知是哪里送来几句洞箫声。我心里有一首诗，但我捉不住她，她仿佛在半空中。

幽默的叫卖声

夏丏尊

住在都市里，从早到晚，从晚到早，不知要听到多少种类多少次数的叫卖声。深巷的卖花声是曾经入过诗的，当然富于诗趣，可惜我们现在实际上已不大听到。寒夜的"茶叶蛋""细沙粽子""莲心粥"等等，声音发沙，十之七八似乎是"老枪"的喉咙，困在床上听去颇有些凄清。每种叫卖声，差不多都有着特殊的情调。

我在这许多叫卖者中，发现了两种幽默家。

一种是卖臭豆腐干的。每日下午五六点钟，弄堂口常有臭豆腐干担歇着或是走着叫卖，担子的一头是油锅，油锅里现炸着臭豆腐干，气味臭得难闻。卖的人大叫"臭豆腐干！""臭豆腐干！"态度自若。

我以为这很有意思。"说真方，卖假药"，"挂羊头，卖狗肉"，是世间一般的毛病，以香相号召的东西，实际往往是臭的。卖臭豆腐干的居然不欺骗大众，自叫"臭豆腐干"，把"臭"作为口号标语，实际的货色真是臭的。言行一致，名副其实，如此不欺骗别人的事情，怕世间再也找不出来了吧！我想。

"臭豆腐干！"这呼声在欺诈横行的现世，俨然是一种愤世嫉俗的激越的讽刺。

还有一种是五云日升楼卖报者的叫卖声，那里的卖报的和别处不同，没有十多岁的孩子，都是些三四十岁的老枪瘪三，身子瘦得像腊鸭，深深的乱头发，青屑屑的烟脸，看去活像个鬼。早晨是看不见他们的，他们卖的总是夜报。傍晚坐电车打那儿经过，就会听到一片发沙的卖报声。

他们所卖的似乎都是两个铜板的东西，如《新夜报》《时报号外》之类。叫卖的方法很特别，他们不叫"刚刚出版××报"，却把价目和重要新闻标题连在一起，叫起来的时候，老是用"两个铜板"打头，下面接着"要看到"三个字，再下去是当日的重要的国家大事的题目，再下去是一个"哪"字。"两个铜板要看到十九路军反抗中央哪！"在福建事变起来的时候，他们就这样叫。"两个铜板要看到日本副领事在南京失踪哪!"藏本事件开始的时候,他们就这样叫。

在他们的叫声里任何国家大事都只要花两个铜板就可以看到,似乎任何国家大事都只值两个铜板的样子。 我每次听到,总深深地感到冷酷的滑稽情味。

"臭豆腐干!""两个铜板要看到××××哪!"这两种叫卖者颇有幽默家的风格。 前者似乎富于热情,像个矫世的君子;后者似乎鄙夷一切,像个玩世的隐士。